MUITO MAIS QUE UM JOGO

Muito mais que um jogo
Copyright © 2023 by Alexandre Mattos
Copyright © 2023 by Novo Século Editora Ltda.

Editor: Luiz Vasconcelos
Gerente Editorial: Letícia Teófilo
Assistente Editorial: Fernanda Felix
Érica Borges Correa
Diagramação: Marília Garcia
Revisão: Marina Montrezol
Capa: Ygor Moreti

Texto de acordo com as normas do Novo Acordo Ortográfico da Língua Portuguesa (1990), em vigor desde 1º de janeiro de 2009.

Dados Internacionais de Catalogação na Publicação (CIP)
Angélica Ilacqua CRB-8/7057

Mattos, Alexandre
  Muito mais que um jogo: a gestão nos clubes do futebol brasileiro / Alexandre Mattos. -- Barueri, SP: Figurati, 2023.
  168 p.

  ISBN 978-65-5561-522-7

  1. Clubes de futebol - Administração 2. Times de futebol I. Título

23-0463   CDD-796.334068

Índice para catálogo sistemático:
1. Clubes de futebol - Administração

GRUPO NOVO SÉCULO
Alameda Araguaia, 2190 – Bloco A – 11º andar – Conjunto 1111
CEP 06455-000 – Alphaville Industrial, Barueri – SP – Brasil
Tel.: (11) 3699-7107 | E-mail: atendimento@gruponovoseculo.com.br
www.gruponovoseculo.com.br

ALEXANDRE MATTOS

MUITO MAIS QUE UM JOGO

A GESTÃO NOS CLUBES DO FUTEBOL BRASILEIRO

figurati

SUMÁRIO

PREFÁCIO 6

INTRODUÇÃO 10

CAPÍTULO 1 - GESTÃO NOS CLUBES 14

CAPÍTULO 2 - FERRAMENTAS DE GESTÃO NAS INSTITUIÇÕES ESPORTIVAS 28

CAPÍTULO 3 - ESTRUTURAS ORGANIZACIONAIS DOS CLUBES 46

CAPÍTULO 4 - ORGANIZAÇÃO DAS COMPETIÇÕES 56

CAPÍTULO 5 - DIAGNÓSTICO E IDENTIFICADORES DE SUCESSO NA GESTÃO 66

CAPÍTULO 6 - ESTRUTURAS FÍSICAS DE UM CLUBE 78

CAPÍTULO 7 - RELAÇÃO DA GESTÃO DOS CLUBES COM OS AMBIENTES 92

CAPÍTULO 8 - PARTICULARIDADES EM UMA GESTÃO ESPORTIVA 100

CAPÍTULO 9 - GESTÃO DE NEGÓCIOS 108

CAPÍTULO 10 - GESTÃO FINANCEIRA 126

CAPÍTULO 11 - GESTÃO DA CATEGORIA DE BASE 146

CONSIDERAÇÕES FINAIS 164

PREFÁCIO

A BOLA E A CANETA

Todo brasileiro já nasce com uma certeza: não existe no mundo seleção de futebol melhor do que a nossa. Somos os únicos pentacampeões do mundo e a camisa amarela é reconhecida e respeitada em todos os cantos do planeta. O futebol massificado nas ruas e nos campos de terra nos garantia a qualidade em meio à quantidade. Mas em 2026 completaremos vinte e quatro anos sem um título mundial. Como evitar um triste recorde de jejum em Copas do Mundo?

É urgente aprimorar o que acontece fora de campo. O futuro do futebol brasileiro depende mais da caneta dos dirigentes do que dos pés dos nossos jogadores. Como ex-atleta, tive essa certeza quando mergulhei de cabeça na gestão do futebol. Desde 2015, passei a ocupar a função de vice-presidente da Federação Paulista de Futebol, e compreendi que, sem a excelência fora de campo, dificilmente voltaremos ao topo do mundo da bola.

Muito mais que um jogo: a gestão nos clubes do futebol brasileiro, de Alexandre Mattos, aborda justamente a complexidade desse desafio. Afinal, é consenso que as emoções do futebol devem ficar restritas aos campos e arquibancadas: nas mesas onde as decisões são tomadas, é preciso mais razão e menos emoção. Sem gestões modernas e profissionais, corremos o sério risco de perder o bonde da história.

O gol é resultado direto de uma série de investimentos dentro e fora de campo. Felizmente, nestes anos de trabalho direto com clubes e dirigentes paulistas, tenho observado um considerável aumento dessa premissa. As categorias de base, por exemplo, enfim são tratadas como investimento, e não despesa. Por isso, criamos a chamada Lista B nas competições paulistas, onde a inscrição de atletas formados pelo clube é ilimitada.

Os clubes constataram a necessidade da adoção de práticas e regras que são comuns às grandes corporações, com estruturas organizacionais, governança, conceitos modernos de gestão, planejamentos estratégicos e metas, e retenção e captação de profissionais de mercado. Principal novidade administrativa dos últimos anos, a Sociedade Anônima do Futebol – a SAF – pode colaborar com a reestruturação de muitos clubes, mas não é um sinônimo automático de sucesso.

O ingrediente principal da receita do sucesso continua a surgir em todos os cantos do país: jogadores talentosos. A bola está com os dirigentes: a combinação certa de gestões modernas e a habilidade única dos nossos atletas pode tornar o futebol brasileiro novamente imbatível.

MAURO SILVA
TETRACAMPEÃO MUNDIAL PELA SELEÇÃO BRASILEIRA
ATUAL VICE-PRESIDENTE DA FEDERAÇÃO PAULISTA DE FUTEBOL

INTRODUÇÃO

O futebol é um jogo com particularidades e emoções. Em fração de segundos, por centímetros de diferença, a alegria e a tristeza estão separadas. A linha tênue entre as emoções é decidida por um gol, uma defesa, um lance casual ou um erro inesperado. Há quem diga que o fator sorte é de se destacar; outros, que o trabalho árduo e contínuo produz resultados; outros, ainda, que o puro investimento maior que o dos adversários fará o resultado aparecer.

No fim, as únicas certezas que temos são que: o resultado é imprevisível; erros acontecerão; alguns atletas irão se destacar e outros, não; haverá vitórias e derrotas; momentos de alegria serão eternizados; tristezas servirão de aprendizado; elogios se transformarão em críticas e vice-versa no intervalo de dias; e uma noite boa de sono ou um domingo em paz dependem de um conjunto de fatores.

O segredo de tudo, seja de se aproximar do sucesso, minimizar tomadas de decisões erradas, mover massas de emoções positivas, seja de tocar milhares de corações, vem da prática da **boa gestão**.

Por mais que haja investimento e por melhor que seja sua qualidade técnica e estrutura, sem gestão o projeto está mais distante do constante sucesso. Assim, planejar, estruturar, organizar e trabalhar são verbos fundamentais e formam os pilares da busca por excelência.

A prática contínua de processos sólidos, estruturados, respeitados e conceituados dentro de uma metodologia de trabalho – com indicadores de sucesso e uma política bem definida de governança – estabelece o rumo da instituição e, consequentemente, projeta o sucesso momentâneo ou duradouro. A essencial e necessária gestão de pessoas gera, então, o ambiente propício para a leveza de todos, mesmo nos piores e mais difíceis momentos.

Apesar de o imponderável estar presente em todo jogo – tal como o azar ou a sorte, a casualidade ou a prática constante –, no fim, o que dita os vencedores, aqueles na galeria dos campeões, é a competência em fazer uma ótima gestão de pessoas e processos.

Sabemos que a esmagadora maioria dos clubes no Brasil são geridos por estatutos arcaicos e politizados, com um planejamento imediatista em relação a resultados para que o gestor ganhe tempo para trabalhar.

Porém, clubes-empresas vêm surgindo com a aprovação da Lei da Sociedade Anônima do Futebol (SAF) e nos dão esperança de um futuro mais profissional. O intuito é equiparar rapidamente a relação de gestão, considerando que o profissional tem tempo de trabalhar em uma empresa para dar resultado, ao passo que, nos clubes, precisa dar resultado para ganhar tempo. Dessa forma, somente o entendimento de quão profunda se faz a temática nos clubes é capaz de mudar isso.

Otimização e criação de novas receitas. Capacitação e liderança dos profissionais. Planejamento estratégico curto, médio e longo. Prazos estruturados e seguidos. Criação e acompanhamento de indicadores de sucesso. Orçamentos seguidos à risca. Fluxo de informação atualizado e constante entre departamentos. Processos e metodologia estabelecidos e respeitados. Revisão e ajustes baseados em dados comprobatórios. Reuniões periódicas de análises, debates e novas ideias entre executivos. Todas essas são ações de prática de gestão produtiva e organizacional nos clubes.

O mundo identificou um caminho para equiparar e superar a qualidade técnica dos atletas. Fora de campo, organizaram-se e alcançaram o sucesso. Provaram, de tal maneira, que a gestão fez e faz total diferença no percurso. Logo, a exigência e os processos estruturais compensaram o desnível técnico e, hoje, são os pilares que promovem atletas de ponta.

Como país cinco vezes campeão do Mundo dentro de campo, temos agora que atingir a excelência da gestão para sermos novamente competitivos. São imprescindíveis profissionais capacitados e críticos com a compreensão do tema, e não somente com resultados de jogos, e também clubes que se blindem do imediatismo e sejam geridos por um planejamento exigente em seus processos.

Portanto, neste livro, poderemos visualizar o quanto faz diferença a prática da boa e duradoura gestão em um clube de futebol, assim como sua falta pode ser desastrosa e colocar em risco o futuro. A sinergia entre pessoas e processos é a marca dos clubes e profissionais organizados e de cases de sucesso.

CAPÍTULO 1

GESTÃO NOS CLUBES

O foco em gestão, profissionalização e debates conceituais em estrutura e organização vem crescendo no futebol brasileiro. E, por mais que temas relacionados a contratações, polêmicas e convocações estejam na linha de frente de programas sobre futebol e rodas de debates ou na boca dos torcedores, a importância de analisar e conhecer a fundo a gestão que guia os clubes em nosso futebol também faz parte dos conteúdos falados diariamente.

Identificadores que fizeram com que a preocupação e o entendimento sobre as questões de gestão ganhassem a devida notoriedade são: a recente queda de clubes tradicionais para divisões menores; as enormes dívidas contraídas em anos de péssimas gestões; a falta de competitividade de equipes acostumadas com títulos e protagonismo; o abismo das questões organizacionais e financeiras em relação a outros mercados; a queda do protagonismo de nossa Seleção; e a constante, e cada vez mais comum, perda de jovens para os mercados não necessariamente mais ricos, mas, sim, mais organizados.

HISTÓRIA

A história do futebol brasileiro é rica em emoção e conquistas. Cinco vezes campeão do Mundo, diversas conquistas nas categorias de base, atletas escolhidos como melhores do mundo: o Brasil sempre esteve em destaque e é respeitado em qualquer competição disputada.

Após o tricampeonato mundial (1958, 1962 e 1970), conquistado pela Seleção nacional de parte técnica e física muito superior aos adversários, os profissionais e gestores dos países onde o futebol compõe parte importante da cultura começaram a traçar estratégias para minimizar a desigualdade e conseguir ser competitivos com aquele, até então, imbatível no cenário.

Nas primeiras Copas pós-1970, a evolução tática chamou bastante atenção. Clubes e seleções buscaram alternativas para diminuir espaços, adotar um posicionamento melhor no campo, fazer com que os atletas se movimentassem em sintonia e, consequentemente, se desgastassem menos e fazer o coletivo superar o individual. O resultado logo apareceu: seleções icônicas e memoráveis, como a holandesa – a Laranja Mecânica de 1974 – que, mesmo sem o título mundial, encantou a todos com a sincronia dos movimentos entre os atletas; e a Seleção italiana de 1982 que, mesmo sem ser técnica, foi com méritos a campeã, inclusive eliminando a excelente Seleção brasileira, melhor e favorita ao título.

O Brasil ficou 24 anos sem ganhar um Mundial, muitas vezes amargando ser considerado o melhor time, porém sem o troféu ao fim. Até que, em 1994, sem o brilho individual de outras conquistas (exceção feita a alguns atletas, como Romário), mas com o coletivo e a parte tática sendo os protagonistas, a Seleção sagrou-se tetracampeã mundial nos Estados Unidos.

Naquele momento, o Brasil assumiu novamente o topo. E, com o coletivo taticamente funcionando, o talento de produzir excelentes atletas ficou mais uma vez evidenciado com o vice-campeonato de 1998 e o título de 2002. Três finais consecutivas. Dois títulos. Habilidades técnicas, táticas e físicas conduzindo às diretrizes. O coletivo fazendo o individual voltar a se destacar.

Contudo, dois anos antes do tetracampeonato, em 1992, o futebol mundial ganhou um dos maiores exemplos de gestão e planejamento, o qual tornou-se a marca dos grandes centros mundiais do esporte até os dias atuais. Após tempos de decadência na administração e nas estruturas, punições por violência, falta de competitividade e baixíssimas receitas, o futebol inglês criou a Premier League, a maior liga em competitividade e clubes em alto nível. Atualmente, é a mais popular, sendo transmitida para mais de 200 países, e possui o maior número de jogadores protagonistas no mundo, além de ser a mais rentável.

Isso só foi possível com planejamento e muita gestão séria e profissional nos clubes e no próprio campeonato. Clubes esses, aliás, que são os proprietários da liga e, como acionistas, elegem um presidente, um executivo e um conselho de administração para a supervisão das operações e, principalmente, respeitam as regras impostas a todos.

Pensando no cenário mundial, após as três finais consecutivas, os adversários se viram mais uma vez na necessidade de criar uma estratégia para competir com a Seleção brasileira. Com as questões táticas e as devidas preocupações superadas, o caminho encontrado para competir contra o recuperado protagonismo brasileiro foi fora das quatro linhas. Estruturar, organizar e planejar – ou seja, criaram processos e metodologias em organizações, clubes e federações, visando sempre protagonizar a gestão.

A sistematização do todo (estruturas, profissionais e processos) superou as questões técnicas. Então, a partir do momento em que os executivos se voltaram ao planejamento, a gestão da instituição ganhou importância, fazendo com que aquilo que se passava dentro das quatro linhas se tornasse uma consequência dos resultados positivos ou negativos do processo.

Dentro desse aspecto, um exemplo a se destacar é o da Liga italiana no início dos anos 1990: apesar da hegemonia tática superior aos adversários, houve uma queda considerável da qualidade do futebol nos anos 2000, por conta da falta de planejamento e atualização dos processos. Mesmo com uma injeção financeira da compra de alguns dos grandes clubes do país por megainvestidores chineses – sem o processo de gestão –, não foi possível retomar ao protagonismo anterior, causando uma queda de aproveitamento da Seleção nacional (24 anos sem títulos) e a perda do habitual destaque de antes das equipes.

No nosso futebol, entre a década de 1980 e o início dos anos 2000, o pensamento se manteve estagnado com a ideia de que, por termos os principais jogadores, sempre seríamos os astros. Ademais, os clubes seriam inquebráveis; as grandes equipes jamais cairiam de divisões; os tradicionais times estaduais sempre existiriam; seria possível investir sem preocupação para ganhar um título, porque, depois, conseguiríamos alguma receita para pagar as contas. Se tivéssemos que investir, que fosse em jogador, e não em estrutura de profissionais e centros de treinamentos. O mais importante era a vitória a qualquer preço, e não como se chegaria a ela. Essas eram, e infelizmente ainda são, mesmo com vários exemplos negativos de falta de gestão, as preocupações dos clubes brasileiros.

Com um sistema baseado nos estatutos em sua esmagadora maioria e eleições que variam de dois a três anos, a política interna sempre teve mais destaque do que as questões profissionais e a gestão, ambas em segundo plano. A preocupação em manter o poder – entrar para a história do clube como campeão sem perder espaço nos conselhos para adversários políticos – e a pressão externa por resultados imediatos sobrepujavam, assim, os processos e planejamentos iniciais. Falas, ideias e questões profissionais e técnicas perdiam para decisões tomadas de forma amadora e política.

Infelizmente, sabe-se que ainda é assim em diversos pontos do país. Porém, aos poucos as preocupações e os debates estão em alteração, mesmo que tardia, com relação aos grandes centros de futebol do mundo, mais voltados às questões técnicas e profissionais.

A estrutura estatutária nunca priorizou e ainda não prioriza as decisões dos profissionais. Entende-se, hoje, que planejamentos se perderam por esse amadorismo e os poucos clubes que se preocuparam com isso se destacaram por suas finanças, seu sistema e também no âmbito esportivo, com títulos e protagonismo.

Exemplos das transformações e do sucesso provocado por gestão começaram a entrar fortemente no nosso cenário após 2002. Ganharam os noticiários nacionais e os debates dentro das instituições o abismo financeiro, a queda da qualidade do trabalho de base e profissional e o resultado destacável de determinadas gestões, como a da Seleção alemã, que passou anos se planejando para alcançar resultados.

Devido a isso, figuras amadoras ou semiamadoras começaram a receber responsabilidades e cobranças profissionais, como os diretores profissionais de futebol. As críticas à administração, ou a falta dela, ganharam espaço e especialistas em gestão e finanças opinando, demonstrando preocupações e explicando os porquês de grandes clubes do futebol brasileiro estarem passando por dificuldades e caindo de divisões. Da mesma forma, as monstruosas dívidas – que ainda parecem não ter fim – saíram de números e se transformaram em nomes de dirigentes, antes endeusados e hoje responsabilizados por suas formas de conduzir os negócios.

Torcedores, críticos, analistas e comentaristas viram a necessidade de se ter uma condução responsável, profissional e estruturada nos clubes. O processo de administração, então, ganhou um novo modelo com a aprovação do Projeto de Lei n. 14.193, de 2021, a qual dispôs sobre a criação da SAF, uma possível salvação para as questões de planejamento e gestão dos clubes.

Começaram, assim, a se estruturar, com a inauguração de diversos centros de treinamentos modernos, a discussão dos profissionais a serem contratados de forma profissional, o debate da metodologia de trabalho a ser implementada, a cobrança de responsabilidade financeira dos gestores e a exposição disso ao público e aos torcedores. Além disso, a aprovação de balanços financeiros passou de uma simples reunião protocolar para reuniões acaloradas e de destaque nas mídias.

E é dessa maneira que o foco nas gestões vem ganhando corpo em um cenário irreversível. O clube que não tiver essa preocupação fatalmente ficará para trás e correrá o seríssimo risco de ser apenas uma lembrança de tradição na paixão de seus torcedores.

GESTÃO DE PROCESSOS

Uma ação contínua, organizada, estruturada e prolongada, visando minimizar erros e otimizar e fundamentar as tomadas de decisões, define os processos dentro das organizações.

Gerir, implementar, ajustar quando necessário, monitorar e controlar são obrigações do corpo executivo. Sem processos, o **acaso** para o sucesso e/ou fracasso é comum de ser detectado.

O mais difícil e importante dentro das instituições esportivas é saber os porquês dos resultados: por que venceu e por que perdeu. Quando se tem essas respostas, a identificação dos problemas fica visível; e as soluções, mais próximas de serem encontradas. Com processos definidos, os porquês são extraídos de maneira mais clara e as soluções para os problemas são encontradas.

ETAPAS DE IMPLEMENTAÇÃO DE PROCESSOS

1. DIRETRIZES ESTRATÉGICAS

São um esboço daquilo que se tem como objetivos. Definidas pelos presidentes (clube estatutário), donos (S/A) ou investidores (SAF), são repassadas aos executivos, que determinam, por sua vez, como alcançá-las.

2. PLANEJAMENTO

O plano em si é elaborado de forma a modelar os processos fundamentais de toda a organização. Indica o "como" alcançar os objetivos definidos.

3. CRONOGRAMA DE AÇÕES

Engloba os prazos em que devem ser elaborados, implementados e executados os processos estratégicos.

4. IMPLANTAÇÃO

Definidos o planejamento e o cronograma, inicia-se a implantação dos processos de maneira sólida e unificada com todos os departamentos. É essencial a participação dos profissionais, utilizando experiências anteriores, assim como dados atualizados e novas tecnologias.

5. MONITORAMENTO E CONTROLE

Entre as partes mais importantes de toda implementação de processos, então o monitoramento constante e o controle. Acompanhar de perto como está o fluxo de informação, assim como a interação de todos envolvidos, é fundamental para que o processo gere o resultado esperado.

6. RESULTADOS

São aquilo que se colhe de todo o processo fornecido por meio de uma amostragem mínima e definida pelos executivos.

7. AJUSTES

Ajustar e sempre atualizar os processos vêm do acompanhamento das inovações e necessidades, assim como de uma amostragem de resultados inesperados. Lembre-se: nada será eterno, ainda mais no mundo do futebol, com seus diversos fatores humanos envolvidos.

EXEMPLOS DE PROCESSOS NOS CLUBES

CONTRATAÇÕES

É o mais emblemático e exposto processo dentro dos clubes de futebol no Brasil. Os fatores imponderáveis sempre estão presentes quando se envolvem seres humanos e, com processos definidos, apesar de o risco de erros diminuir, ele continua a existir.

Sem a compreensão da gestão, as críticas ficam muito voltadas aos atletas que não conseguiram produzir o esperado. Esse é um dos maiores fatores de quebras de planejamentos, interferindo diretamente nas gestões dos clubes.

Porém, a partir da definição e implementação do processo, a tomada de decisão fica embasada e fortifica as escolhas. Não significa que erros deixarão de existir, mas serão minimizados.

ETAPAS:
1. Demanda técnica por um atleta.
2. Análise de mercado de possíveis alvos.
3. Análise técnica da performance.
4. Definição do nome.
5. Negociação entre clubes.
6. Negociação com o *staff* do atleta.
7. Aprovação do departamento financeiro.
8. Aprovação do departamento jurídico.
9. Aprovação do departamento médico.
10. Autorização do presidente (clube estatutário) ou dos donos (S/A – SAF).
11. Assinaturas no contrato de transferência entre clubes (anuência do atleta – sistema de *Compliance*).
12. Assinaturas no contrato do atleta (sistema de *Compliance*).

13. Estratégia de marketing e comunicação.
14. Apresentação oficial para mídias do clube.
15. Apresentação oficial para torcedores e imprensa.
16. Registro do atleta.
17. Apto ao jogo.

Total de 17 passos em um processo que tem o seu início com uma demanda técnica e seu fim quando o atleta estiver apto ao jogo.

FORMATAÇÃO DE UM ELENCO

Encaixar vários atletas com características técnicas, táticas, sociais e econômicas diferentes, além de objetivos, necessidades e emocional distintos (enfim, seres humanos) e fazer com que todos convivam diariamente, lutando por um mesmo objetivo, compõem uma demanda complexa e que precisa ser muito bem elaborada no que diz respeito a convicções, dados, análises e, acima de tudo, **processos**.

ETAPAS:
1. Diagnóstico do institucional (DNA, tradição, momento, objetivos, capacidade financeira, competições, volume de jogos, adversário etc.).
2. Características do elenco desejado (imposição física, faixa etária, número de atletas, utilização da categoria de base etc.).
3. Diagnóstico do elenco e dos ativos do clube (avaliação dos que pertencem ao clube, dos que pertencem ao clube e estão emprestados e dos possíveis atletas da categoria de base).
4. Estabelecer critérios de avaliação (capacidade técnica, tática e física, aspectos cognitivos, liderança, histórico, projeção, produtividade etc.).
5. Identificação dos atletas (do elenco atual que permanecem; que pertencem ao clube e estão emprestados; oriundos da categoria de base que podem compor o elenco; e que não devem permanecer).
6. Atletas que permanecerão no elenco (análise da situação contratual e pessoal, possibilidade de convocações etc.).
7. Atletas não utilizados (empréstimo, venda, moeda de troca, rescisão, desoneração).

8. Identificação de carências (por setores, posições, perfil, necessidade etc.).
9. Busca por atletas (processo de contratação).
10. Prospecções futuras (ajustes durante a temporada, saídas inesperadas de jogadores, lesões etc.).

AVALIAÇÃO DE ATLETAS NA CATEGORIA DE BASE

É um processo complexo e delicado por lidar com sonhos de garotos e seus familiares. Talvez o grande segredo no futebol seja a **avaliação**. Quanto mais bem definida e detalhada, melhores serão as escolhas e a transparência. Erros podem ser, assim, minimizados; mas, por se tratarem de seres humanos, sempre existirão.

ETAPAS:
1. Definição de datas, categorias, avaliadores e locais.
2. Definição do perfil desejado por categoria.
3. Definição dos critérios de avaliação (técnico, cognitivo, físico, tático, emocional etc.).
4. Definição de onde os atletas virão para serem observados (escolinhas, captadores, parceiros, campeonatos menores, amistosos etc.).
5. Criação de documento com as tomadas de decisões e com o *Compliance* de todos os envolvidos (assinaturas).
6. Criação de relatório individual detalhando todos os critérios e embasando a decisão e os porquês (se permanece ou se será liberado);
7. Definição da comunicação ao atleta.
8. Arquivamento do relatório e disponibilidade a todos os interessados.

> **"DEFINIR PROCESSOS SIGNIFICA A BUSCA POR ESTABILIDADE DO FLUXO DE INFORMAÇÃO CONSTANTE DENTRO DA GESTÃO."**

E quanto mais estável for a gestão, maior será a chance de sucesso e o alcance dos objetivos planejados.

GESTÃO DE PESSOAS

É o conjunto de ações que visa à constante melhora do ambiente de trabalho por meio do desenvolvimento do capital humano dentro das organizações.

O ato de liderar, motivar, cobrar, interagir e conhecer pontos fortes e fracos, necessidades, aflições e desejos – enfim, lidar com as pessoas e, principalmente, com suas vaidades dentro do ambiente de trabalho – é, sem dúvida, uma das mais difíceis e também mais fundamentais ações de um gestor.

Buscar novas lideranças e fazer com que os objetivos comuns sejam sempre superiores aos individuais são consequências positivas da prática de uma boa gestão de pessoas.

Um elenco de atletas somado a comissão técnica e colaboradores, cada um com diferentes anseios, valores, culturas, nível social e financeiro, interesses individuais, entre outros, faz com que a gestão de pessoas seja um ponto fundamental para o desenvolvimento do projeto.

Equilibrar cada um com o objetivo comum da instituição e passar pelas etapas positivas e negativas, os altos e baixos que constantemente fazem parte de um clube de futebol, torna-se o ponto-chave para alcançar o sucesso.

Existem vários exemplos de equipes que estavam tecnicamente ou financeiramente abaixo de seus adversários e, mesmo assim, obtiveram um resultado favorável. Muito disso pode ser colocado no trabalho diário de comissões e atletas, mas no mesmo nível de importância – senão superior – do ambiente interno diário, principalmente nas relações interpessoais.

Uma frase que sintetiza muito o ambiente interno do futebol nas relações humanas é:

> **"O FUTEBOL É UM CONJUNTO DE VAIDADES E SUAS CONSEQUÊNCIAS."**

A vaidade humana é um dos mais complexos sentimentos. A necessidade de reconhecimento ou de admiração individual por si próprio e por outras pessoas é um dos grandes produtores de problemas nos relacionamentos, podendo causar consequências catastróficas. Na história da humanidade, guerras já foram motivadas pelas vaidades humanas, empresas bem-sucedidas já faliram e, trazendo para o futebol, equipes excelentes não obtiveram o sucesso esperado devido a problemas de relações humanas.

Por isso, o combate à vaidade deve ser diário e monitorado. A melhor solução é a franqueza e a honestidade com todos.

> "UM GRANDE LÍDER E GESTOR PRECISA OLHAR E CUIDAR DE TODOS COM A MESMA INTENSIDADE E PREOCUPAÇÃO, INDEPENDENTEMENTE DE CARGO OU POSIÇÃO."

Outro ponto relevante para as relações humanas dentro dos clubes são os chamados "invisíveis". Relaciona-se bastante o bom ambiente no futebol aos atletas e a quem mais estiver na linha de frente. ISSO É UM TREMENDO ENGANO!

É preciso cuidar, e muito, daqueles que não aparecem para o público e os críticos, mas que possuem papéis importantes no dia a dia. Isso engloba porteiros, cortadores de grama, pessoas da manutenção, da limpeza e da cozinha, seguranças, membros em geral da comissão técnica permanente do clube, colaboradores pontuais e todos que, direta ou indiretamente, participam de forma ativa e possuem algum contato com os atletas.

ETAPAS PARA A IMPLEMENTAÇÃO DA GESTÃO DE PESSOAS NOS CLUBES

1. AUTOCONHECIMENTO

Conhecer a si mesmo é o primeiro passo para contribuir com a gestão de pessoas. O autoconhecimento facilita a interação e a abordagem entre as pessoas nos momentos adequados, com equilíbrio e postura para que o indivíduo se sinta seguro e abra espaço para soluções e ajustes.

2. INTERAÇÃO

Dialogar, tratar, relacionar e estimular membros de um espaço comum que se comunicam é a essência do bom ambiente de trabalho.

3. APLICAÇÃO

O líder deve ser o primeiro na aplicação da gestão de pessoas, pois o exemplo vem de cima. Gerir o ambiente e cuidar do capital humano ocorre no dia a dia, degrau por degrau, conhecendo cada um, aproximando as relações e, acima de tudo, criando **confiança** entre as pessoas.

4. DESENVOLVIMENTO

O primeiro passo para o desenvolvimento é o conhecimento do time, individual e coletivamente. O importante não é solucionar todos os problemas, e, sim, ser um apoio e conforto emocional para os membros da equipe. Isso porque líderes são desenvolvidos coletivamente por meio de forças individuais que atuam em prol do coletivo.

5. CARGOS/SALÁRIOS/RECOMPENSAS

A definição clara de funções, responsabilidades e remunerações gera organização interna e garante motivação e competitividade no mercado de salário com os outros clubes. Também promove igualdade e justiça entre todos e deixa claro como será o futuro com relação a promoções e aumentos.

> **"UM COLABORADOR MOTIVADO E FELIZ MOVE O AMBIENTE PARA AS CONQUISTAS."**

Recompensas e premiações são comuns nas agremiações esportivas; porém, bastante atenção para que o bônus não se transforme em discussões e descontentamentos internos por má divisão ou, até mesmo, pela falta de reconhecimento de alguém.

6. MANUTENÇÃO

A continuidade de ideias e o planejamento estratégico somente são possíveis com a manutenção do capital humano dentro do clube. A perda de colaboradores quebra a continuidade e dificulta a realização dos objetivos traçados.

7. MONITORAMENTO E AJUSTES

É imprescindível avaliar, acompanhar e, continuamente, ajustar quando necessário o ambiente e as relações interpessoais.

RELAÇÕES ENTRE GESTORES NO FUTEBOL

As relações no futebol são as que mais necessitam de atenção dos gestores. Debates por algum tipo de negociação, melhoramentos, evolução dos trabalhos e desenvolvimento do ambiente de trabalho são assuntos comuns e relevantes na gestão de pessoas.

Assuntos e objetos de debates específicos no âmbito profissional e até pessoal são desenvolvidos ao longo dos projetos. Assim, relações francas e diretas contribuem para a confiança entre as pessoas e, como consequência, para a confiança no projeto.

EXEMPLOS DE OBJETOS DE DEBATES NO DIA A DIA DOS GESTORES

GESTORES × ATLETAS

São comuns as negociações por premiações, questões de regulamentos internos, pagamentos de salários e imagens (quando o clube não está em dia com suas obrigações), realização de eventos internos (churrascos, a exemplo), distribuição e lista de contemplados em premiações, solicitações junto à comissão técnica e demandas e pedidos individuais.

GESTORES × COMISSÃO TÉCNICA

Premiações, elaboração de pré-temporada (dias e locais), definição da equipe de trabalho do clube, logística (voos, hotéis e datas), relação com estatutários (presidente e vice de futebol), contrato de trabalho individual, formatação de elenco, comunicação (entrevistas) e ativações de marketing.

GESTORES × COLABORADORES

Premiações, escala de trabalho (jogos e treinos), escala de férias, escala de viagens, escala de folgas semanais, contrato de trabalho individual, processos e fluxo de informação entre departamentos.

CAPÍTULO 2

FERRAMENTAS DE GESTÃO NAS INSTITUIÇÕES ESPORTIVAS

GOVERNANÇA

É o ato de governar e definir poderes, diretrizes e processos. Governança é um pilar fundamental dentro das instituições esportivas, inclusive no futebol, regidas por estatutos ou diretrizes das S/As e de clube/empresas (SAF).

Um dos grandes problemas do futebol brasileiro, e incluo aqui clubes, federações e a Confederação brasileira, de maneira geral (e não em todos), é a má conduta da governança, o que leva à falta de gestão e processos condutores. Já os que conseguiram, mesmo que seja por um determinado momento, uma condução exemplar da governança chegaram a projetos sólidos, planejados e com resultados positivos em suas gestões técnicas, estruturais e financeiras.

Assim, como sinônimo de gestão, a **governança** gera organização, estruturação e planejamentos, que criam, acima de tudo, **transparência** e **credibilidade** da instituição aos *stakeholders* (todos os interessados no processo).

Colaboradores, atletas, membros de comissão técnica, credores, críticos, mercado, agentes e patrocinadores são diretamente afetados e existe envolvimento e comprometimento por uma ação estável e de credibilidade que se consegue a partir de uma visão clara de uma sólida conduta de governança.

Outro ponto a destacar é a governança do sistema. A Confederação Brasileira de Futebol (CBF), as federações (estaduais) e os clubes necessitam definir a política de governança para gerar credibilidade a todos os filiados, sócios, patrocinadores, investidores e ao público em geral, principalmente no que diz respeito à lisura e à transparência das competições e à Seleção nacional.

Como consequências de uma ação desse tipo, há uma enorme geração de receitas; campeonatos extremamente rentáveis e transmitidos para diversos países; seleções organizadas e, principalmente, admiradas pelos torcedores; clubes protagonistas e bem estruturados; e categoria de base com atletas formados em excelência. E não há dúvida quanto ao investimento no desenvolvimento do próprio futebol por suas confederações, com receitas oriundas de taxas e percentuais. Ademais, a credibilidade gerada causa a sensação de correção que, por consequência, provoca satisfação, alegria, paixão e um ciclo virtuoso positivo.

Exemplos desse processo que geraram credibilidade e receitas podem ser encontrados em vários países. Ligas fortes e rentáveis, como La Liga, Série A, Premier League, Ligue 1, Major League Soccer (MLS) e Bundesliga, praticam e exigem uma governança estruturada e bem definida.

AÇÕES NECESSÁRIAS PARA ALCANÇAR UMA BOA GOVERNANÇA:
- Definição de poderes e responsabilidades.
- Transparência nas contas.
- Processos para tomadas de decisões.
- Constante fluxo de informação.
- Interligação entre departamentos.
- Responsabilidade corporativa.
- Tratamento igual e justo a todos (sejam clubes, pessoas, investidores ou patrocinadores).

GANHOS COM UMA BOA GOVERNANÇA:
- Gestão sólida.
- Contribuição para resultados positivos.
- Atração de novos investidores e patrocinadores.
- Atração de novos profissionais e atletas.
- Ajuda para a manutenção de atletas e profissionais.
- Minimização de ações temerárias contra as instituições.
- Aumento de receitas.
- Geração de credibilidade.
- Ajuda para a gestão de processos e pessoas.
- Geração de ambiente sadio e positivo.

A governança faz parte da CBF, das federações e dos clubes. Mas vamos nos ater aos casos nos clubes.

APLICAÇÃO

1. DEFINIR CARGOS, FUNÇÕES, RESPONSABILIDADES E A QUEM SE REPORTAR

A definição clara e direta de funções, responsabilidades e a quem se reportar gera organização, fluxo de informação contínuo e eficaz e velocidade nas ações.

No Quadro 1, é apresentado um exemplo da definição de cargos, funções, responsabilidades e a quem se reportar em um departamento de futebol, do cargo máximo até os atletas.

CARGO	FUNÇÃO	RESPONSABILIDADE	SE REPORTA A QUEM
Presidente	Governar	Liderar com gestão responsável	Conselho gestor e deliberativo
Diretor-executivo	Gestão de pessoas e processos de todo o departamento de futebol	Liderar o departamento de futebol	Presidente
Gerente executivo	Gestão administrativa e técnica	Criar processos e gerenciar o fluxo de informação	Diretor-executivo
Gerente categoria de base	Gestão da categoria de base	Captar e formar jovens	Gerente executivo e diretor-executivo
Gerente do feminino	Gestão do departamento feminino	Criar processos, gerenciar o fluxo de informação	Diretor-executivo
Treinadores	Gestão da comissão técnica e atletas	Treinar; cuidar da parte técnica, tática e física; convocar; gerenciar jogos; realizar a transição de jovens	Diretor-executivo, gerente executivo, gerente de base ou gerente do feminino
Atletas	Treinar, respeitar e seguir o regulamento interno	Ter postura fora do clube; cuidar da saúde, dedicar o seu melhor sempre	Gerente executivo, diretor-executivo e treinador

Quadro 1. Exemplo de definições de cargos, funções, responsabilidades e a quem se reportar

2. DEFINIR PROCESSOS E METODOLOGIA

Definir processos e metodologia de trabalho significa gerar estabilidade do fluxo de informação constante dentro da gestão, buscando minimizar erros nas tomadas de decisões e sempre ter uma diretriz a ser seguida.

PROCESSOS

São os meios para se alcançar a excelência da metodologia implementada. Uma vez definidos, precisam de continuidade, persistência, unidade e respeito de qualquer profissional, sem importar a escala hierárquica em que esteja, a fim de que tragam resultados. Ajustes no processo são bem-vindos e necessários, principalmente dentro da dinâmica e velocidade do futebol.

METODOLOGIA

É o princípio básico da excelência na gestão, uma vez que definir a metodologia de trabalho é o primeiro ponto a ser desenvolvido desde a categoria de base até o profissional. Um clube com uma metodologia única e enraizada possibilita a ordem natural de desenvolvimento, formação dos jovens, estrutura de jogo, características e critérios da captação de atletas, perfil dos profissionais e conceitos aplicáveis; ou seja, dos processos pela busca por excelência do projeto.

3. GERAR FLUXO DE INFORMAÇÃO

Fluxo de informação contínuo, atualizado e sistematizado é necessário e fundamental para a aplicação da governança. Entre profissionais e diretores, departamentos unificam a informação para obter um resultado esperado e único do projeto em geral. Isso porque, a partir de um efeito cascata positivo ou negativo, os departamentos, ao se comunicarem, induzem a evolução de ideias e projetos, assim como diminuem erros e perda de tempo.

4. APLICAR SISTEMA DE *COMPLIANCE*

Dividir o conhecimento de informações, dados, estratégias e código de conduta e ética parte da assinatura do responsável por cada departamento e de todos os envolvidos no projeto, fornecendo credibilidade, transparência e comprometimento geral.

5. VALIDAR E COBRAR COMPROMETIMENTO DE TODOS

Com o sistema de *Compliance* aplicado, há a cobrança pelo comprometimento de todos, sem exceção, independentemente de hierarquia, função ou cargo. Assim, a validação integral de maneira clara e objetiva por parte dos envolvidos é imprescindível.

6. APLICAR E ACOMPANHAR

Engloba o acompanhamento da aplicação de todo o processo de governança e o respeito às normas e aos regulamentos. Cabe aos gestores fiscalizar e exigir o respeito ao processo imposto a todos da instituição.

7. AJUSTAR QUANDO NECESSÁRIO

Com o acompanhamento constante e a cobrança por respeito e comprometimento com os processos, ajustes podem aparecer e são necessários. O importante, dentro do futebol, é saber que o dinamismo e a velocidade das mudanças não significam enraizar e fixar processos. A evolução parte de ajustes baseados em dados e análises profundas e profissionais para que a excelência da gestão seja a prioridade.

BENEFÍCIOS

1. ELABORAÇÃO E SUSTENTAÇÃO DO PLANEJAMENTO ESTRATÉGICO DE CURTO, MÉDIO E LONGO PRAZOS

Nos clubes do futebol brasileiro, o grande desafio é a elaboração e a manutenção do planejamento estratégico. O de curta duração, infelizmente, é o mais comum de ser realizado: obtendo sucesso, ganha-se tempo para o planejamento de médio prazo. Já o longo, praticamente, torna-se inviável a gestores executivos do futebol, pois esse tempo está diretamente condicionado a constantes vitórias e títulos.

Uma governança sólida sustenta executivos e profissionais da linha de frente que são alvos de críticas e pressão constantes. Dessa forma, tomadas de decisões são ratificadas pelos processos, e a transparência e a divisão das responsabilidades blindam-os contra erros de avaliações e demissões decididas por política ou paixão.

2. CONTROLE DO CLUBE

Os clubes são empresas complexas e cheias de tomadas de decisões diárias. Gerir, acompanhar, analisar e saber onde otimizar as ações, onde estão os problemas e onde está tudo bem são controles que, com as definições de cargos e responsabilidades, assim como com metas e prazos dentro da governança estruturada, tornam os dados mais precisos e atualizados, possibilitando o monitoramento constante da gestão.

3. FORTIFICAÇÃO DE PROCESSOS

Processos fortes e estáveis significam tomadas de decisões mais assertivas, técnicas, profissionais e baseada em dados, o que minimiza erros e induz à confiança no projeto.

4. GERAÇÃO DE TRANSPARÊNCIA, CONFIABILIDADE E CREDIBILIDADE

A organização interna gera confiabilidade nas tomadas de decisões, fortalecendo gestores que, por sua vez, geram transparência, confiança e credibilidade ao público externo. Patrocinadores e investidores se aproximam ao perceber ambientes com crédito, havendo a manutenção dos atuais e a abertura de espaço para outros possíveis. Já os torcedores, ao acreditarem na equipe, produzem receitas de bilheteria, compras de produtos e programas de sócios.

Tanto o mercado quanto agentes e atletas buscam sempre priorizar essas características abrindo mão, inclusive, de propostas melhores por um projeto mais sólido e de protagonismo.

5. AFASTAMENTO DE GESTÃO TEMERÁRIA

Sinônimo de problemas no presente e no futuro, as gestões temerárias são os grandes vilões dos clubes de futebol. O antídoto para afastar esse problema passa por um processo de gestão e uma governança sólida e organizada.

Por isso, diagnóstico e acompanhamento produzem análises profundas que detectam rumos perigosos e promovem ajustes necessários para que o planejamento mantenha-se acima de qualquer impulsividade ou pressão por resultados a qualquer preço.

6. SOLIDIFICAÇÃO DA PROFISSIONALIZAÇÃO

Pessoas profissionais geram processos profissionais. Processos profissionais geram possibilidades maiores de resultados esperados. Sabe-se que clubes que não se profissionalizaram ficaram para trás em gestão e resultados esperados. Logo, é impossível um clube ser estruturado por uma política de governança corporativa sem a profissionalização dos cargos-chave.

7. SUSTENTAÇÃO DA EQUIDADE DOS COLABORADORES E GESTORES

A unificação de tratamento e objetivos traz bom ambiente para o trabalho em equipe. O profissional que se sente valorizado nas conquistas e protegido nas derrotas sempre se doará mais e melhor pelo projeto. Por isso, o ganha-ganha em que todos têm importância, independentemente de função ou hierarquia, sustenta o projeto nos momentos de dificuldades.

DIFICULDADES

As dificuldades de implementação de uma boa prática de governança nos clubes são resultantes da falta de visão e comprometimento com a instituição, para além de interesses conflituosos e pessoais. O pensamento de que o principal é fazer apenas para o momento específico da gestão **atual** e de que o que vem pela frente será tema de discussão de uma **futura** gestão dificulta qualquer implementação de processos estruturais duradouros e prática de governança.

1. SISTEMA ESTATUTÁRIO POLÍTICO COM CONSTANTES MUDANÇAS DO PODER

A troca no comando dos clubes causa sempre uma constante desestabilização de todo o sistema. Estatutários e profissionais, mesmo os terceirizados, são afetados diretamente pelo receio das mudanças. A governança deve, assim, ser definida pela continuidade dos processos, e as alterações, quando necessárias, devem ser comprovadas apenas por dados e análises.

2. QUEBRA DE PLANEJAMENTO ESTRATÉGICO

Com a troca de comando, a quebra do planejamento estratégico é comum e constante. Porém, fazer isso sem critério e simplesmente por promessas e acordos políticos destrói o que está sendo bem desenvolvido no projeto, a exemplo das definições de governança dentro da instituição.

3. TROCA DE PROFISSIONAIS POR QUESTÕES POLÍTICAS, E NÃO MERITOCRÁTICAS

Entre os principais pontos que fortalecem uma boa prática de governança estão as decisões de contratações e demissões por meritocracia. O profissional que está rendendo dentro do esperado, dando resultados e sendo zeloso com as regras e os códigos de condutas das instituições deve ser valorizado e motivado a evoluir. As trocas políticas sem critérios geram instabilidade e quebra de comprometimento e performance.

4. PENSAMENTOS E INTERESSES CONFLITUOSOS E INDIVIDUAIS ACIMA DOS INSTITUCIONAIS

A instituição sempre deve estar acima de qualquer pensamento individual ou de grupo político. Quando a decisão parte para beneficiar alguém, destrói qualquer possibilidade de credibilidade, que é outro fator fundamental para a boa prática de governança.

5. TOMADAS DE DECISÕES BASEADAS EM RESULTADOS IMEDIATOS, E NÃO EM PLANEJAMENTO E DADOS

A tomada de decisão por resultados imediatos movidos apenas por paixão e pressão externa quebra a convicção e o planejamento estratégico. E, com isso, os resultados negativos podem transformar profissionais exemplares em bodes expiatórios de satisfação pública e alívio de pressão. Ademais, podem romper o orçamento predefinido e a alternância das prioridades dos clubes – que passam de uma política de austeridade para investimentos em demasia – e os compromissos financeiros com credores e colaboradores, além de possibilitar uma gestão temerária e destruidora. Da mesma forma, resultados inesperados positivos podem mascarar problemas e dificultar tomadas de decisões necessárias.

COMPLIANCE

Uma das principais áreas que configuram a seriedade da gestão é a de *Compliance*. O termo inglês que significa "estar em conformidade" é a principal ferramenta de observância de normas e regras estabelecidas dentro de uma empresa. Composta por profissionais e diretores (estatutários inclusive), é fundamental para a integridade corporativa do clube, possibilitando a criação de um código de ética para todos os envolvidos.

Cria-se um canal de comunicação claro e transparente para a garantia do sistema de *Compliance*, engajando a gestão de riscos e a segurança jurídica e financeira. Dessa forma, todos são responsáveis e fiscalizadores de ações que podem afetar o futuro do clube positiva e/ou negativamente.

São exemplos de normas de *Compliance* nas instituições: o controle rigoroso financeiro; a participação e a autenticação por meio das assinaturas de **todos** os responsáveis por pastas e tomadas de decisões; a política anticorrupção; regras claras de atualização exclusiva do maquinário da empresa; e senhas individuais e protetoras de acessos aos dados de acordo com a hierarquia.

Na prática, um exemplo é a liberação de um atleta de categoria de base. Ao término da avaliação técnica, tática, física e mental, as assinaturas de todos os responsáveis no relatório de dispensa são fundamentais e dão legitimidade ao processo. Isso inclui treinador, auxiliar, preparador físico, coordenador técnico, diretor-executivo da base e diretor-executivo do profissional.

METODOLOGIA

"Explicação minuciosa, detalhada, rigorosa e exata de toda ação desenvolvida no caminho (método) do trabalho e da gestão."

É o princípio básico da excelência na gestão, uma vez que definir a metodologia de trabalho é o primeiro ponto a ser desenvolvido desde a categoria de base até o profissional. Um clube com uma metodologia única e enraizada em sua gestão possibilita o aumento da produtividade e a agilidade dos processos diários de desenvolvimento, formação dos jovens, estrutura de jogo, características e critérios da captação de atletas, perfil dos profissionais e conceitos aplicáveis; ou seja, dos processos pela busca da excelência do projeto.

Dois exemplos de cases a nível mundial, o Barcelona e o Real Madrid, rivais espanhóis, têm historicamente diferentes metodologias de trabalho dentro delas muito bem definidas, e, há anos, ambos os times conseguem obter sucesso. O Barcelona prioriza revelar atletas no seu centro de treinamento La Masia com características, perfil e critérios definidos dentro de sua própria metodologia. Já o Real Madrid atua fortemente no mercado comprador. E mesmo com as diferenças, os dois são megavitoriosos e referências mundiais de organização.

É importante ressaltar que a metodologia necessita de tempo, monitoramento, controle e atualização constante. Não existe fórmula pronta quando o assunto é futebol, mas conceitos fundamentados aproximam o projeto dos objetivos.

IMPLEMENTAÇÃO DE UMA METODOLOGIA DA CATEGORIA DE BASE ATÉ O PROFISSIONAL

O Barcelona é uma amostra de aplicação metodológica desde a categoria de base até o profissional. Jogadores formados em La Masia, como Iniesta, Xavi e Messi, desenvolveram-se e alcançaram o profissional com uma ideia clara. A metodologia implementada e sustentada resultou em jogo bonito e títulos.

No Brasil, em especial, o maior vilão para se alcançar o mérito do Barcelona são as constantes quebras de planejamentos com demissões de profissionais, seja na área técnica ou diretiva. A falta de sequência na gestão dos clubes muitas vezes impede a evolução completa do processo.

Poucos clubes estatutários conseguem desenvolver por anos uma metodologia. Exceções são raríssimas, como o Clube Athlético Paranaense (CAP), que detém há anos uma sistematização implementada que resultou em organização financeira, estrutural, material humano e títulos. Já no sistema S/A e nas SAFs, com o modelo diretor profissional, a possibilidade aumenta bastante, a exemplo do Red Bull Bragantino e outros.

A aplicação segue alguns passos.

1. DEFINIÇÃO DA IDEIA DO MODELO A SER ADOTADO

O primeiro passo é saber o que se quer. O modelo a ser adotado, a situação política e outros assuntos inerentes ao futebol interferem nos pensamentos e nas ideias dos clubes estatutários. Portanto, defina com clareza os porquês de adotar ou não o sistema e a metodologia, compreendendo o DNA do clube, sua tradição e seus objetivos.

2. DIVULGAÇÃO INTERNA E GESTÃO DE PESSOAS

Esclarecer e fazer as pessoas comprarem ideias é essencial para a implementação de uma metodologia. As pessoas precisam acreditar e se empenhar ao longo do caminho da efetivação do processo. Assim, gerir pessoas e suas vaidades, encontrando o equilíbrio de ideias e opiniões e colando tudo no mesmo processo para a busca de um objetivo comum, é um dos maiores desafios.

3. DEFINIR CRONOGRAMA

Prazos e metas claros a todos impulsionam. Considere que, se as coisas acontecerem naturalmente, com certeza o objetivo ficará distante. Por esse motivo, o planejamento é o segredo de tudo e passa, e muito, por prazos e metas estabelecidos.

4. IMPLEMENTAR PROCESSOS

Como visto no quesito de processos, a base para minimizar erros e otimizar acertos são os processos claros e fundamentados de acordo com uma metodologia.

5. CONTROLE E AVALIAÇÃO

Monitoramento, controle e constante avaliação são os pilares de um processo em andamento e funcionando conforme o plano de ação.

6. CONSTANTE EVOLUÇÃO

Após as etapas concluídas e a implementação da metodologia em andamento, a busca por aperfeiçoamento e a constante evolução de ideias e ajustes definem a conclusão satisfatória do processo e, também, a continuação dele de maneira atualizada.

FLUXO DE INFORMAÇÃO

O dinâmico processo da transmissão de informações entre pessoas e departamentos tem o objetivo de integração e unificação de dados. Com frequência diária, uma informação passada adiante dentro das instituições acelera ou deteriora processos. Sem sombra de dúvida, várias cabeças pensam melhor que uma e a comunicação entre elas é um dos segredos do sucesso. Assim, o fluxo de informações eficiente gera comprometimento em todos os setores para os resultados serem alcançados.

> "Quando todos sabem e debatem os problemas, as soluções são naturalmente encontradas dentro dos processos predefinidos."

Ressalta-se que a comunicação nos clubes é feita de maneira interna e externa, e ambas a várias mãos, utilizando-se a principal ferramenta: o fluxo de informação.

Os passos para a aplicação são:

1. PADRONIZE OS PROCESSOS

A padronização e a rotina reproduzem credibilidade e dinâmica nas informações. Desse modo, ter velocidade e o time certo na evolução dos processos e soluções dos problemas pode significar o êxito do projeto.

2. DEFINA OS CANAIS

Envolve quem fala com quem e qual departamento é responsável por tal informação. Portanto, defina previamente a informação e construa o resultado esperado.

3. PREPARE SUA EQUIPE PARA O USO DAS INFORMAÇÕES

Nesse ponto, é preciso saber como a informação chega, por quem, quem a receberá e, o principal, o que fazer com ela.

4. MONITORE A SEGURANÇA DA INFORMAÇÃO

Dados confiáveis baseados em critérios predefinidos asseguram todo o processo.

5. PROMOVA A CONSCIENTIZAÇÃO ENTRE TODOS OS COLABORADORES

O engajamento positivo de todos faz com que o fluxo se torne um ciclo virtuoso dentro do processo de soluções.

6. CRIE UM CANAL DE FEEDBACK

Ter o retorno de como estão funcionando os fluxos e saber quais pertencem a quem é fundamental para a credibilidade.

7. SEMPRE ATUALIZE E CONSTRUA NOVOS FLUXOS

Atualizar, monitorar, ajustar e criar novos canais de fluxos possibilitam novas realidades e perspectivas.

> **"UMA INFORMAÇÃO CORRETA AUXILIA E MINIMIZA ERROS NAS MAIS VARIADAS TOMADAS DE DECISÕES DIÁRIAS E ELIMINA AS CONVERSAS NOCIVAS (FOFOCAS) E PREJUDICIAIS AO AMBIENTE."**

EXEMPLOS DE FLUXO DE INFORMAÇÃO DE UMA GESTÃO EM UM CLUBE DE FUTEBOL:

Fluxo de informação entre a gestão no clube

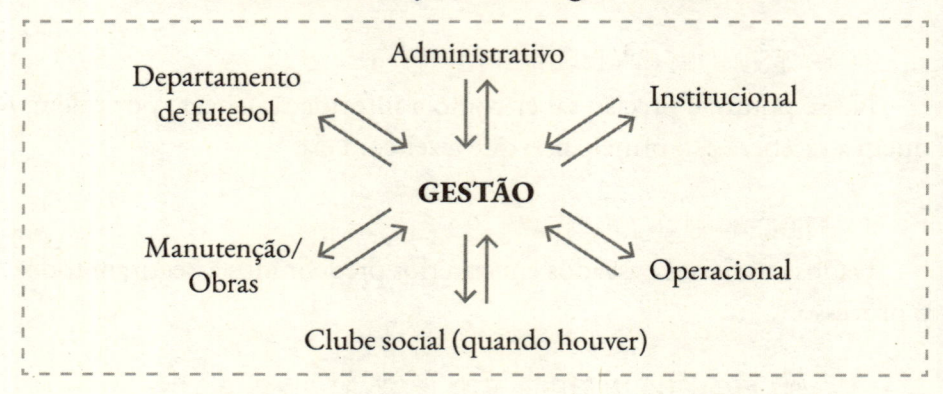

```
         Administrativo
Departamento    ↕
de futebol  ↘ ↙   ↘ Institucional
          ↗       ↖
           GESTÃO
          ↙       ↘
Manutenção/ ↗   ↖
Obras     ↙   ↓↑   ↘ Operacional
         Clube social (quando houver)
```

Observação: Compõem o institucional os torcedores, os sócios, as federações, as confederações, a Fifa e os conselheiros (quando houver). No administrativo, estão os departamentos financeiro, de marketing, comercial, de comunicação, de obras e manutenção, de Recursos Humanos e jurídico.

Fluxo de informação entre o departamento de futebol e a gestão

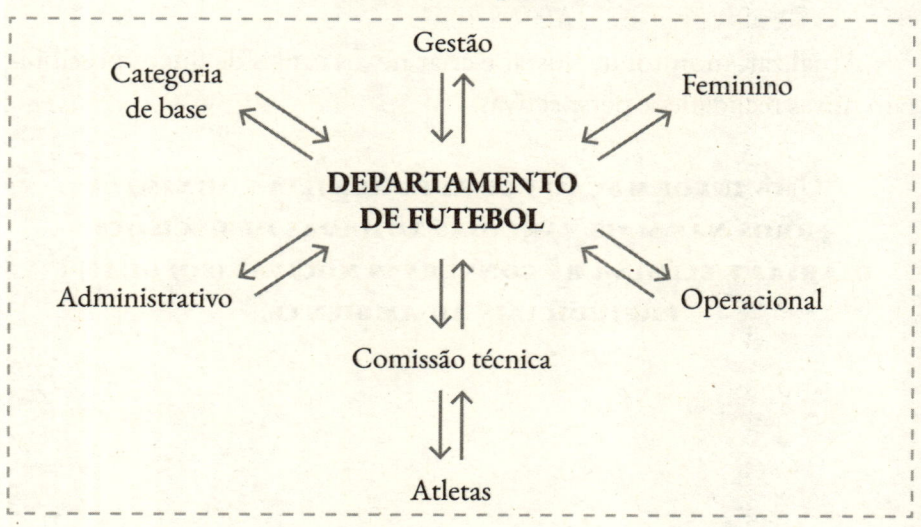

```
              Gestão
Categoria       ↕
de base   ↘ ↙    ↘ Feminino
         ↗        ↖
         DEPARTAMENTO
          DE FUTEBOL
         ↙        ↘
Administrativo ↗   ↖ Operacional
              ↓↑
         Comissão técnica
              ↕
            Atletas
```

**Fluxo de informação entre o departamento
financeiro e a gestão**

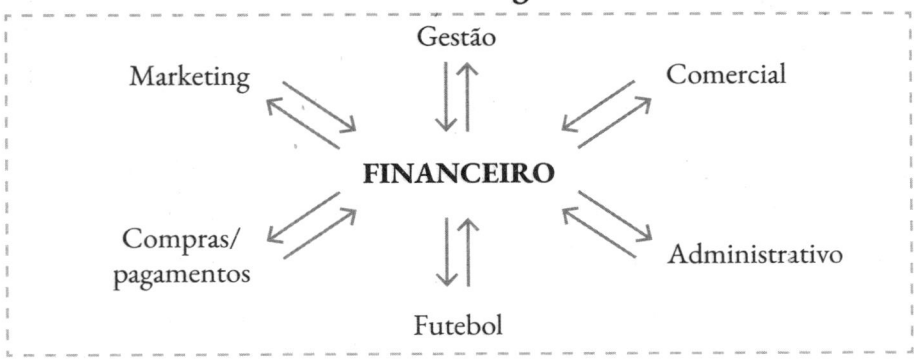

```
                    Gestão
    Marketing         ↕         Comercial
              ↘   ↙       ↘   ↙
                FINANCEIRO
              ↗   ↘       ↗   ↘
    Compras/          ↕         Administrativo
    pagamentos
                    Futebol
```

**Fluxo de informação entre o departamento
de marketing e a gestão**

```
                    Gestão
    Financeiro         ↕         Comercial
              ↘   ↙       ↘   ↙
                 MARKETING
              ↗   ↘       ↗   ↘
    Patrocinadores     ↕         Administrativo
                    Futebol
```

**Fluxo de informação entre o departamento
de comunicação e a gestão**

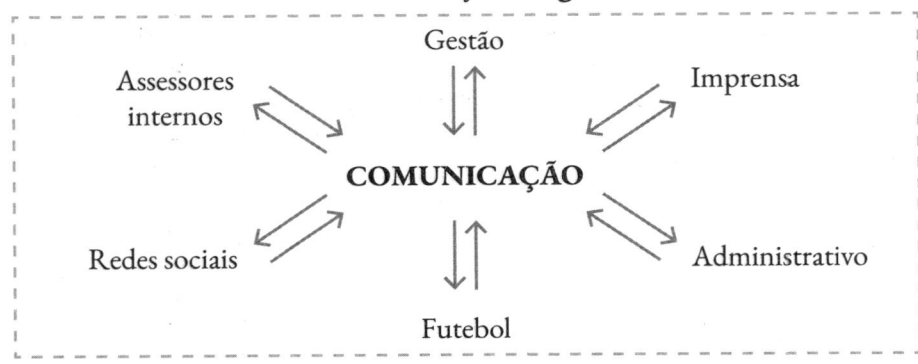

```
                    Gestão
    Assessores        ↕         Imprensa
    internos
              ↘   ↙       ↘   ↙
                COMUNICAÇÃO
              ↗   ↘       ↗   ↘
    Redes sociais      ↕         Administrativo
                    Futebol
```

Fluxo de informação entre o departamento jurídico e a gestão

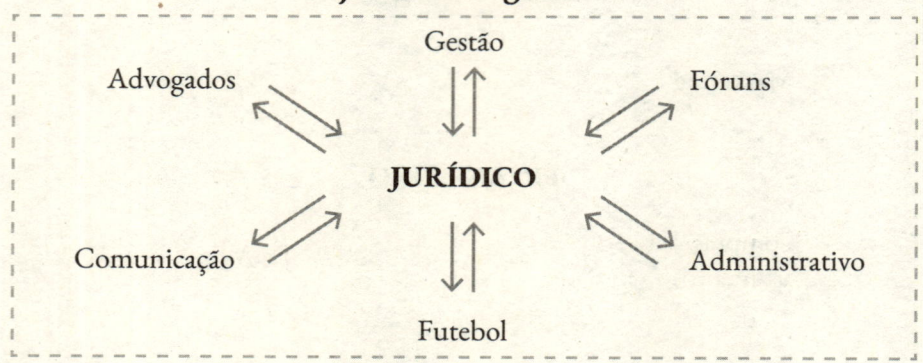

```
              Gestão
  Advogados    ↕       Fóruns
        ↘   ↙       ↘   ↙
           JURÍDICO
        ↗   ↖       ↗   ↖
  Comunicação  ↕       Administrativo
              Futebol
```

Observação: Envolve fóruns desportivos e cíveis, assim como os advogados internos, externos e do mercado em geral.

CAPÍTULO 3

ESTRUTURAS ORGANIZACIONAIS DOS CLUBES

O futebol brasileiro apresenta três estruturas organizacionais: uma norteada por estatutos, a das S/A e a da Sociedade Anônima do Futebol (SAF). Todas apresentam vantagens e desvantagens; objetivos e finalidades; pontos em comum e diferentes; variações de cargos e funções. Uma é 100% profissional e outra ainda possui divisões entre profissionais e estatutários.

ESTATUTÁRIA

Definida por um estatuto, essa estrutura está presente na imensa maioria dos clubes brasileiros há mais de cem anos. Seu ponto-chave é o sistema político eleitoral no topo do comando. A base política é definida por um conselho também eleito, com um número de participantes diferentes (vitalício, nato etc.), de acordo com o estatuto regido. O tempo de mandato varia de clube para clube, assim como o sistema eleitoral.

Exemplo de organograma de um clube com estrutura estatutária

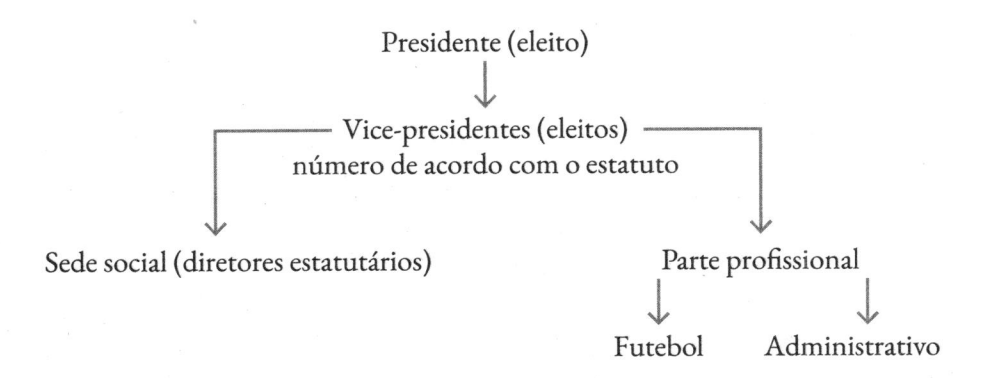

Presidente (eleito)
↓
Vice-presidentes (eleitos)
número de acordo com o estatuto
↓ ↓
Sede social (diretores estatutários)   Parte profissional
↓ ↓
Futebol   Administrativo

CARGOS ELETIVOS
- **Presidente**: eleito por um conselho ou sócios (de acordo com o estatuto). Tem a função de ser o líder da gestão e ter responsabilidade financeira e fiscal durante o mandato. Representa o clube nas federações e confederações e escolhe os profissionais para os cargos de confiança. Pode ser ou não remunerado, a depender também do estatuto, sendo os não remunerados os mais comuns;
- **Vice-presidentes**: o número e as responsabilidades variam de clube para clube – por exemplo, alguns possuem o vice de futebol, outros, não. São eleitos e substituem o presidente em caso de suspensão ou até impeachment;
- **Sede social**: com cargos de confiança e políticos, os diretores estatutários coordenam e supervisionam profissionais, principalmente, nas áreas administrativas do clube. Geralmente, não são remunerados (variação de clube para clube). Podem ser diretor estatutário de marketing, de comunicação, de sede social, de obras, financeiro, jurídico etc. Permanecem no cargo enquanto o presidente quiser, apresentando autonomia de contratação e demissão de acordo com a liberdade definida por ele. São comuns na categoria de base e no futebol feminino; no profissional, pode existir, mas é menos habitual.

CARGOS PROFISSIONAIS
- **Parte profissional**: são os executivos profissionais remunerados e buscados no mercado de trabalho, os quais formam as áreas estratégicas do clube;
- **Administrativo**: composto por CEO, marketing, jurídico, comunicação, financeiro, manutenção, obras, sede social, estádio (quando pertence ao clube), logística, recursos humanos e segurança;
- **Futebol**: formado por diretor-executivo de futebol, gerente executivo, gerente de base, gerente do feminino, supervisor, área da saúde (médicos, fisioterapeutas, fisiologista, nutricionista, psicó-

logos, podólogos e pedagogos) e área técnica (treinadores, preparadores físicos, preparadores de goleiros, auxiliares, roupeiro, massagista, analistas de desempenho e mercado e scouter).

DIRETRIZES

- Normas e regulamentos regidos pelos estatutos;
- Tempo de mandato e reeleição definido e com prazos limitadores;
- Associações sem fins lucrativos;
- Possuem caráter social, competitivo e comunitário;
- Aprovações e mudanças nos estatutos de acordo com um conselho deliberativo;
- Tipos de conselheiros que variam, sendo os mais comuns o vitalício, os regulares, os notáveis e os natos;
- Política presente e com possibilidade de interferência nas tomadas de decisões.

OBJETIVOS

- Na categoria de base, ter caráter social e desportivo;
- No futebol profissional, buscar títulos para satisfazer o público/os torcedores;
- Produzir receitas (vendas de atletas, bilheteria, direitos de televisão) para a manutenção e o reinvestimento no projeto esportivo.

VANTAGENS

- Sem dúvida, a paixão e a responsabilidade dos cargos eletivos de pessoas que vivem no clube há anos podem ser um diferencial, desde que o pensamento seja sempre e exclusivamente voltado à instituição;
- A troca de comando pode ser uma realidade, se planejada e usada com meritocracia e como ponto de pressão para os profissionais remunerados não ficarem em zona de conforto e, consequentemente, buscarem capacitação e atualização profissional.

DESVANTAGENS

- Com as constantes trocas no comando, mais por questões políticas do que por técnicas, quebra-se muito o planejamento;
- Falta de visão clara dos valores do clube;
- Pressão política e externa pode ter poder e influência nas tomadas de decisões;
- Falta de responsabilidade fiscal e financeira, a qual é repassada a uma futura gestão;
- Interesses individuais e políticos muitas vezes acima dos da instituição;
- Processos e metodologias instáveis e variando de acordo com a pessoa no comando, sem pré-definição como missão do clube;
- Projetos elaborados e planejados por profissionais especializados de interesse do clube, muitas vezes, ficam sem conclusão ou até mesmo sem inicialização, ainda que tenham a autorização do presidente, por precisar de aprovação em conselhos políticos;
- Envolvimento de amadores em áreas estratégicas do clube, gerando desmotivação e desgastes em profissionais especializados;
- Avaliação e indicadores de sucesso, na maioria das vezes, medidos por conquistas, e não pela gestão do todo;
- Risco de tomadas de decisões impulsivas e feitas por amadores movidos exclusivamente por achismo, paixão e pressão acima da razão.

Como observado em minha avaliação, as desvantagens, que não estão necessariamente presentes em todos os clubes, são a maioria. Não à toa os clubes estão atravessando uma dificuldade enorme em suas gestões há anos. Cases de sucesso e gestão profissional são pouquíssimos e ficam à mercê de a qualquer momento serem novamente desestruturados por questões eleitorais e políticas.

Assim, fica sempre a dúvida no ar:

"Clubes estatutários conseguem e/ou devem ser administrados como empresas?"

Com as devidas particularidades do esporte, a blindagem e as cobranças necessárias aos profissionais remunerados e especializados, respeitando a tradição e a cultura das instituições (em sua maioria centenárias) e compreendendo a paixão do torcedor, os clubes podem e devem ser administrados como empresas com indicadores de sucesso predefinidos, respeitados e enraizados.

S/A

A grande diferença é a presença do proprietário (dono). Não existe eleição e os cargos são profissionais e de confiança.

Exemplo de organograma de uma S/A

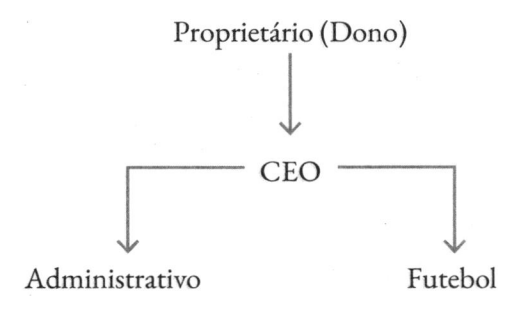

```
         Proprietário (Dono)
                 │
                 ▼
    ┌────────── CEO ──────────┐
    ▼                         ▼
Administrativo              Futebol
```

Observa-se que os cargos são profissionais e não existe a figura do estatutário. O CEO tem a responsabilidade de ser o presidente remunerado e representa o clube em federações e confederações, assim como lidera os processos do clube.

DIRETRIZES
- Empresa privada com objetivo de lucro;
- Não existe política como interferência;
- Normas e regulamentos definidos por profissionais;
- Tomada de decisão profissional e baseada em dados.

OBJETIVOS
- Definidos pela direção executiva;
- Variam de acordo com o interesse das instituições;
- Visam à geração de receitas e lucro.

VANTAGENS
- Planejamento de curto, médio e longo prazos sólido e com maior possibilidade de execução por parte dos profissionais;
- Indicadores de sucesso baseados em gestão, dados e planejamento;
- Menos impulsividade passional nas tomadas de decisões;
- Corpo diretivo e colaboradores especialistas e 100% profissionais, com metas a serem cumpridas, assim como cobranças, de acordo com um plano diretor;
- Políticas financeiras com maior controle e fiscalização.

DESVANTAGENS
- Categoria de base com o objetivo de produção de ativos – cunho social em segundo plano;
- Não é permitido o uso da Lei de Incentivo ao Esporte;
- Dificuldade de criar uma identidade na comunidade e, como consequência, de angariar torcedores;
- Herdeiros podem não compactuar com os fundadores, encerrar as atividades ou vender a empresa, modificando visões e objetivos iniciais.

Sem dúvida, o lado profissional de planejamento e gestão ganha muito quando no topo do processo está um proprietário com objetivo focando metas profissionais, e não amadoras. As decisões não são políticas ou passionais. Portanto, os executivos ganham mais tempo para realizar suas tarefas e são cobrados de acordo com o que foi estabelecido de maneira profissional e estruturada.

As questões orçamentárias são cumpridas à risca com base em pré-definições e, em caso de investir mais do que esperado, os proprietários e o CEO se caracterizam como os responsáveis.

SOCIEDADE ANÔNIMA DO FUTEBOL (SAF)

LEI N° 14.193, DE 06 DE AGOSTO DE 2021
Institui a sociedade anônima do futebol e dispõe sobre normas de constituição, governança, controle e transparência, meios de financiamento da atividade futebolística, tratamento dos passivos das entidades de práticas desportivas e regime tributário especifico (BRASIL, 2021).[1]

A SAF foi criada para que os clubes, de maneira facultativa, transformassem seus departamentos de futebol em uma empresa. Ressalta-se que a associação pública persiste e pode manter um percentual da nova empresa.

Exemplo de organograma de uma Sociedade Anônima do Futebol

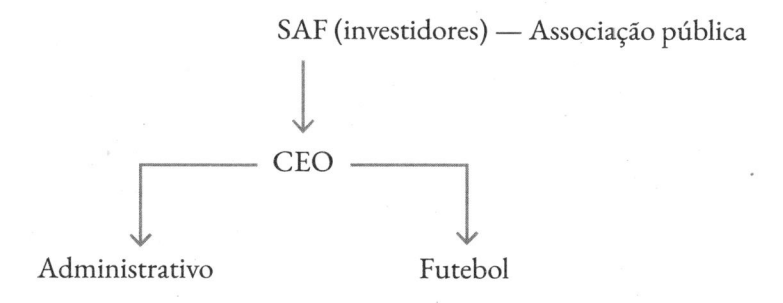

```
SAF (investidores) — Associação pública
                │
                ▼
         ┌─── CEO ───┐
         │           │
         ▼           ▼
   Administrativo  Futebol
```

Além da profissionalização completa do departamento de futebol, a Lei exige que a associação pública faça um plano de pagamentos das dívidas (se existir) em até 6 anos, podendo o prazo ser renovado por mais 4. Para isso, a SAF repassa 20% de suas receitas para a associação e é solidária da dívida, mas não pode ser cobrada e ter contas ou receitas bloqueadas durante o período de 10 anos. Após isso, se a dívida não estiver 100% paga, a SAF começa a se responsabilizar diretamente pelos pagamentos.

---

[1] BRASIL. Ministério da Economia. Ministério da Cidadania. Lei nº 14.193 de 06 de agosto de 2021. Diário Oficial da União, Poder Legislativo, Brasília-DF, 09 ago. 2021. Disponível em: <https://www.planalto.gov.br/ccivil_03/_Ato2019-2022/2021/Lei/L14193.htm>. Acesso em: 06 nov. 2022.

DIRETRIZES
- Departamento de futebol privado com objetivos definidos por investidores;
- Não existe política interferindo, e, sim, uma prestação de contas aos sócios;
- Normas e regulamentos definidos por profissionais;
- Tomada de decisão profissional.

OBJETIVOS
- Definidos por investidores;
- Geração de receitas visando ao lucro e aos pagamentos de dívidas (quando existirem por parte das associações públicas).

VANTAGENS
- Planejamento de curto, médio e longo prazos sólido e com maior possibilidade de execução por parte dos profissionais;
- Indicadores de sucesso baseados em gestão, dados e planejamento;
- Menos impulsividade passional nas tomadas de decisões;
- Corpo diretivo e colaboradores especialistas e 100% profissionais, com metas a serem cumpridas, assim como cobranças, de acordo com um plano diretor;
- Políticas financeiras com maior controle e fiscalização;
- Vantagens fiscais fornecidas pela Lei;
- Possibilidade de utilização da Lei de Incentivo ao Esporte.

DESVANTAGENS
- Objetivos dos donos podem não estar de acordo com a expectativa do torcedor;
- Manutenção de ídolos pode ficar em segundo plano por parte dos investidores;
- Categoria de base tem o objetivo de produção de ativos, e o cunho social fica em segundo plano;

- Pode haver uma quebra nas questões culturais dos clubes quando se tem um proprietário com suas próprias definições.

A grande questão do sucesso da SAF passará pela ruptura com paradigmas culturais do futebol brasileiro. Os investidores definirão os objetivos, as finalidades e, principalmente, o cronograma de evolução para alcançar objetivos.

"A PACIÊNCIA E A COMPREENSÃO DE TORCEDORES E CRÍTICOS ESTARÃO À PROVA CONSTANTEMENTE."

REFLEXÃO

Com a cultura do resultado imediato enraizada no futebol brasileiro, junto à ansiedade por resultados expressivos, imediatos e constantes, os clubes/empresas realmente conseguirão ser guiados e seguir à risca um planejamento estratégico, independentemente da pressão externa?

CAPÍTULO 4

ORGANIZAÇÃO DAS COMPETIÇÕES

A organização do futebol passa pela estrutura das competições a serem disputadas. A gestão dos clubes e as tomadas de decisões devem ser baseadas naquilo que irá ser disputado, o modelo, o tempo, a logística, os objetivos e a quantidade de atletas necessários para tal.

CALENDÁRIO NACIONAL

O calendário com todos os campeonatos nacionais (regionais, brasileiro, Copa do Brasil e supercampeonato) é definido pela Confederação Brasileira de Futebol (CBF). Respeita-se o calendário sul-americano definido pela Confederação Sul-Americana de Futebol (Conmebol), que possui a preferência de datas.

Há anos, o primeiro trimestre é preenchido pelos regionais. Na sequência, o Supercampeonato abre a temporada nacional, e o Campeonato Brasileiro e a Copa do Brasil ficam com o restante do ano.

CAMPEONATOS REGIONAIS
- Organização: federações regionais;
- Período: fevereiro a abril;
- Clubes participantes: filiados à federação estadual.

SUPERCAMPEONATO
- Organização: CBF;
- Período: primeiro evento anual nacional;
- Clubes participantes: campeões do Campeonato Brasileiro e da Copa do Brasil do ano anterior.

CAMPEONATO BRASILEIRO
- Organização: CBF;
- Período: abril a dezembro;
- Clubes participantes: filiados à confederação brasileira.

COPA DO BRASIL
- Organização: CBF;
- Período: março a novembro;
- Clubes participantes: classificados por regionais e ranking nacional.

Em relação ao calendário europeu, o mais relevante e que mais influencia as gestões dos clubes no mundo, as diferenças estão nos momentos das disputas: na Europa, de agosto a maio, enquanto no Brasil, de fevereiro a dezembro. O número de competições e, como consequência, o números de jogos disputados no ano também são informações significativas. No Brasil, por exemplo, há 18 datas para os estaduais, o que não existe nos países da Europa.

CONSEQUÊNCIAS DO DESGATE DEVIDO AO EXCESSO DE JOGOS NO CALENDÁRIO BRASILEIRO
- O número de jogos (há mais de 70 em uma mesma temporada, no futebol brasileiro) interfere em uma reação em cadeia: a parte técnica e, consequentemente, o espetáculo;
- Os gastos dos clubes com logística são maiores;
- Há muitos gastos nas folhas salariais pelo elevado número de jogadores necessário para a atuação da equipe ao longo do desgastante calendário;
- O tempo para treinamento é menor do que o de recuperação: treina-se pouco e se recuperar vira o objetivo principal;
- O pouco tempo para treinamentos proporciona menor desenvolvimento e evolução de atletas nas questões técnicas;
- O maior número de jogos pode proporcionar um aumento no número de lesões;

- O desenvolvimento técnico e tático, seja individual ou coletivo, é comprometido;
- O nível das competições é comprometido;
- Encavala os calendários nacionais e internacionais e as convocações de atletas à Seleção nacional, desfalcando as equipes de seus principais atletas;
- Há desgaste emocional e físico sobre-humano nos atletas e membros das comissões;
- Compromete a ida constante dos torcedores aos jogos por questões financeiras e de planejamento de datas e horários em relação a suas vidas particulares.

SISTEMA DE COMPETIÇÃO

O debate recorrente sobre as estruturas das competições do futebol sempre esbarra na possível criação das ligas independentes. Com a gestão e a organização dos campeonatos regionais e nacionais nas mãos das federações estaduais e da CBF, há constantes questionamentos sobre a melhor opção para maximizar as receitas e se a criação das ligas com o controle dos clubes seria uma das formas.

Na Europa, nos EUA e em outras partes do mundo nas quais o futebol está cada vez ocupando mais exposição e tem rentabilidade crescente, os exemplos de organização e nível de competição em excelência são comparados à realidade da organização brasileira.

COMO É HOJE

No futebol brasileiro, os campeonatos são organizados e administrados por federações regionais e pela confederação nacional.

Os campeonatos estaduais são definidos, administrados e regulados pelas federações. A participação dos clubes ocorre por meio de conselhos técnicos, nos quais, por um sistema de voto, define-se o regulamento de disputa, os preços mínimos de ingressos, a capacidade mínima de estádios, os prazos de inscrições de atletas, entre outros assuntos relevantes à disputa. Direitos de televisão, cotas dos clubes, premiações, datas dos jogos e arbitragem são também pontos definidos exclusivamente pelas federações.

Por sua vez, o Campeonato Brasileiro, o Supercampeonato e a Copa do Brasil são organizados, administrados e regulados pela CBF. Os clubes participam de cada uma das divisões técnicas: no Brasileiro, as divisões A, B, C e D; e, na Copa do Brasil, o sistema de ranking e classificação nos estaduais.

CAMPEONATO BRASILEIRO – SÉRIE A

Disputado por 20 equipes no sistema de pontos corridos de turno e returno, com o melhor sendo campeão; do segundo ao sexto, classificando-se para a Taça Libertadores da América; e os quatro piores rebaixados para a série B.

CAMPEONATO BRASILEIRO – SÉRIE B

Disputado por 20 equipes no sistema de pontos corridos de turno e returno, com os quatro primeiros avançando para a série A e os quatro últimos rebaixados para a série C.

CAMPEONATO BRASILEIRO – SÉRIE C

Disputado por 20 equipes em turno único, classificando-se os oito melhores para a segunda fase. A partir de então, dois grupos de quatro times fazem um quadrangular final, com turno e returno, então os dois melhores de cada grupo sobem para a série B; e os quatro piores caem para a série D.

CAMPEONATO BRASILEIRO – SÉRIE D

Disputado por 64 equipes divididas em oito grupos de oito, avançando para a próxima fase os quatro melhores de cada grupo. A partir desse ponto, é sistema mata-mata de ida e volta até as semifinais, quando os quatro sobem para a série C.

COPA DO BRASIL

Disputada por 92 equipes, sendo 80 nas primeira e segunda fases e 12 (campeões regionais do norte e nordeste, da série B e os classificados para a Copa Libertadores) entrando a partir da terceira. É sistema de mata-mata até a final.

SUPERCAMPEONATO

Disputado entre o campeão brasileiro da série A e da Copa do Brasil do ano anterior em jogo único. Em caso de empate, o campeão será conhecido pela disputa de pênaltis.

VANTAGENS

- Todas as competições são definidas pelo mesmo órgão regulador (CBF), o que facilita a organização de datas e processos;
- A organização de acessos e descensos dos clubes é única e direcionada às competições subsequentes;
- O poder de negociação de um objetivo em comum ao futebol abrange o todo, e não indivíduos específicos.

DESVANTAGENS

- As questões políticas muitas vezes podem estar acima das definições e dos interesses técnicos;
- A troca constante no comando da instituição reguladora pode desmoronar um planejamento a longo prazo;
- A Seleção nacional transforma-se em mais um produto e pode não ter a relevância e foco necessários. Como consequência, perde muito a identidade com os torcedores.

LIGAS

Com o passar dos anos, a defasagem financeira, o desnível técnico, a má organização de campeonatos, a péssima condição financeira da maioria dos clubes e os exemplos sólidos de sucesso das principais ligas do mundo – principalmente as europeias, como Premier League (Inglaterra), Bundesliga (Alemanha), Serie A (Itália), Ligue 1 (França) e a emergentes MLS (EUA) – fizeram com que a criação de uma liga nacional fosse cada vez mais debatida no futebol brasileiro.

Formada pelos clubes, as ligas são independentes das confederações de seus países. Administram e negociam todo o campeonato de forma que vise ao equilíbrio técnico e financeiro, à credibilidade e à excelência de gestão e organização.

É definido um gestor executivo emancipado para a administração das regras, com autonomia de negociações e punições (se necessárias), de maneira homogênea e sem privilégios, independentemente da grandeza da instituição.

O foco é a gestão. Porém, há pontos centrais, como: as regras impostas, sem exceções a nenhum participante; a organização; a rentabilidade; a exposição; a segurança e o conforto dos torcedores; a qualidade do espetáculo e das transmissões; a qualidade e o padrão dos estádios; o equilíbrio financeiro; e a disputa desportiva.

Exemplo de organograma de um sistema de liga

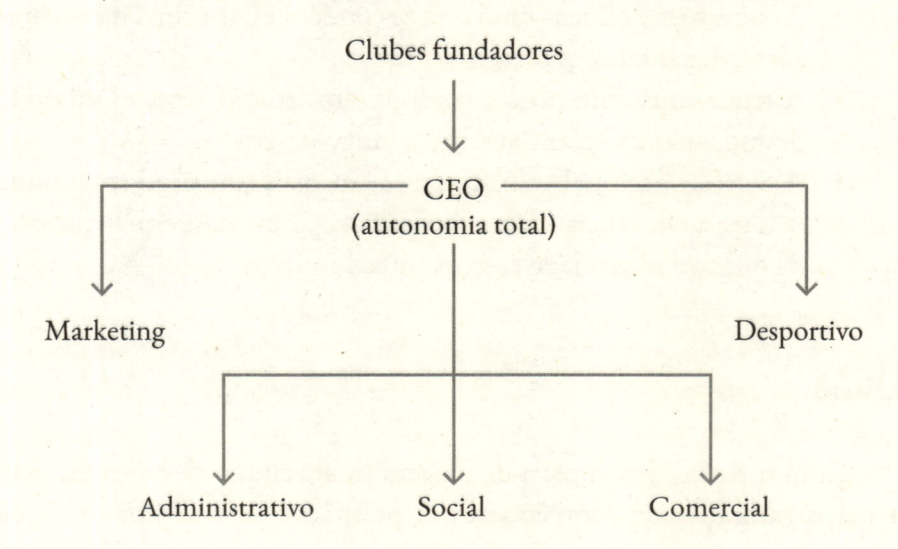

```
                    Clubes fundadores
                            │
                            ▼
          ┌──────────────  CEO  ──────────────┐
          │            (autonomia total)       │
          ▼                                    ▼
      Marketing                            Desportivo
          │
   ┌──────┼──────┐
   ▼      ▼      ▼
Administrativo  Social  Comercial
```

Talvez o maior case de sucesso atualmente seja a Inglaterra. Após um período de punição sem disputas europeias por parte dos clubes ingleses, devido a atos de violência entre torcedores, em 1992, resolveram criar uma liga para buscar mais rentabilidade e competitividade em relação aos demais clubes europeus, entre outros atributos. Surgiu assim a Premier League.

Inicialmente com 22 equipes (até a temporada 1994-1995), depois padronizada em 20, sendo cada clube um acionista com direito a voto, é disputada no sistema de pontos corridos, com turno e returno entre todos os participantes. As três piores equipes são rebaixadas para a segunda divisão (EFL Championship) e os quatro primeiros classificam-se para a Liga dos Campeões da Europa (Champions League).

O sucesso e a organização impecável durante esse período transformaram a Premier League na mais popular do mundo, transmitida para mais de 200 países. Além disso, é também a mais valiosa entre todas as ligas com receitas de transmissões, alcançando a casa dos 2.4 bilhões de libras por ano.

Entre as emergentes em destaque está a americana MLS. Fundada em 1996 como legado da Copa do Mundo de 1994, a liga dos EUA, também disputada por algumas equipes do Canadá, iniciou com apenas 10 equipes e, em 2022, alcançou o total de 27 participantes. O plano é chegar a 30 até o fim de 2023. Disputada no sistema de franquias, a MLS está em explícita ascensão. Possui regras próprias e bem estruturadas regidas pela própria liga, e os direitos de transmissões já estão entre os mais caros do mundo.

Uma mudança drástica percebida há alguns anos é o perfil dos atletas que chegam para jogar a competição. No início, e por mais de uma década, o comum eram jogadores na fase final da carreira serem bastante cobiçados por clubes americanos. Tornava-se uma mídia forte, com trabalho de marketing que atraía os olhos do mundo para os EUA. A partir de 2015, os clubes começaram a buscar e se interessar por jovens atletas, em especial da América do Sul, por valores altos e para revenda futura. Entre os exemplos, há o atleta Brenner, do São Paulo Futebol Clube, que, com apenas 20 anos, foi vendido ao FC Cincinatti por aproximadamente US$ 13 milhões.

VANTAGENS
- Regras predefinidas e autônomas a todos os membros da liga;
- Transparência;
- Negociação em bloco (maior poder de barganha);
- Adoção de medidas protetivas, quando necessárias, aos participantes das ligas de maneira uniforme.

DESVANTAGENS
- Pode gerar um abismo financeiro e técnico com as competições realizadas por confederações;
- Em alguns casos, como o da MLS, o sistema de ligas dirigido por franquias evita a disputa técnica de rebaixamentos e acessos.

CAPÍTULO 5

DIAGNÓSTICO E IDENTIFICADORES DE SUCESSO NA GESTÃO

Para implementar uma gestão profissional e alavancar o projeto, a primeira etapa é o reconhecimento da situação real da instituição. O diagnóstico permite compreender claramente os desafios que se iniciarão, possibilitando um relatório detalhado de tudo que se tem de dados sobre a instituição esportiva. Com os dados detalhados, o gestor consegue visualizar os pontos fortes dentro do projeto, assim como aqueles que precisam evoluir para que estejam conforme o padrão do clube.

"Com o conhecimento real da situação do clube, as tomadas de decisões serão mais eficientes e assertivas."

A gestão sempre visa à busca por equilíbrio do todo para que o resultado positivo seja a consequência do trabalho desenvolvido pelos departamentos com um objetivo em comum. Porém, para o monitoramento e o controle dos resultados, são necessários identificadores de sucesso baseados em performance esportiva, equilíbrio financeiro, estrutura física e ambiente de trabalho.

DIAGNÓSTICO

O conhecimento prévio de pontos fortes e fracos, oportunidades, desvantagens, momento e objetivos engloba premissas para que o gestor atue cirurgicamente para encontrar soluções e avançar em prol da evolução do projeto.

Para aplicar o diagnóstico dentro do clube, o gestor precisa seguir um processo.

1. QUESTIONAMENTOS E COLETA DE INFORMAÇÕES

A coleta de informações precisa ser minuciosa e detalhada. Para isso, o gestor deve questionar a fundo, pesquisar e saber quem tem os informes necessários.

2. ANÁLISE DE INFORMAÇÕES

De posse das informações, o próximo passo do processo é a análise clara e objetiva delas. É preciso transformar dados e números em relatórios detalhados de cada departamento dentro das instituições esportivas. Esses relatórios fundamentam as tomadas de decisões futuras.

3. ELABORAÇÃO DE ESTRATÉGIAS A SEREM SEGUIDAS

O planejamento estratégico é o plano diretor de como se chegou ao desejado baseado nos relatórios das análises e nos dados. Prazos e metas são necessários para se corrigir o que precisa ser corrigido e maximizar os pontos fortes do projeto.

4. ACOMPANHAMENTO E AJUSTES

Definido o plano diretor, o acompanhamento e os constantes ajustes, quando necessários, fazem com que o processo esteja sempre condizente com os objetivos definidos pelo clube.

TIPOS MAIS COMUNS DENTRO DE UMA INSTITUIÇÃO ESPORTIVA

DIAGNÓSTICO INSTITUCIONAL

- Situação política (clubes estatutários);
- Momento esportivo;
- Cultura, tradição e DNA;
- Objetivos traçados (metas e prazos);
- Processos e metodologias atuais;
- Relações internas e externas;
- Estrutura;
- Perfil dos colaboradores;
- Perfil do torcedor.

DIAGNÓSTICO ADMINISTRATIVO
- Departamentos;
- Colaboradores (profissionais/estatutários);
- Fluxo de informação;
- Integração com o departamento de futebol.

DIAGNÓSTICO JURÍDICO
- Contratos dos atletas profissionais;
- Contratos dos atletas da categoria de base;
- Contratos em geral (fornecedores, colaboradores PJ, licenças, softwares de análises etc.);
- Pendências de ações (dívidas trabalhistas, cíveis etc.);
- Pendências na Fifa (se houver).

DIAGNÓSTICO FINANCEIRO
- Situação atual;
- Receitas;
- Despesas;
- Capacidade (orçamento);
- Projeções futuras.

DIAGNÓSTICO ESPORTIVO
- Competições a serem disputadas;
- Volume de jogos na temporada;
- Equipes envolvidas (comparação de elencos);
- Número de atletas no elenco;
- Metodologia e processos da base;
- Entendimento do modelo de jogo atual;
- Elenco;
- Perfil atual de atletas e profissionais;
- Número de atletas das categorias de base no elenco profissional.

DIAGNÓSTICO INSTITUCIONAL

O diagnóstico institucional dará ao gestor a real situação e a noção dos desafios a serem enfrentados, assim como a visão clara das estratégias para conseguir realizar um ótimo trabalho. O clube, seja ele associação pública, S/A ou SAF, tem particularidades que precisam ser identificadas e respeitadas.

No caso das associações públicas, gerenciadas por estatutos, a questão política necessita de uma atenção especial. Tem eleição no ano corrente? Existem muitos grupos políticos rivais e "acalorados"? A oposição é atuante? A pressão exercida no executivo tem influência nas tomadas de decisões? Essas são algumas questões que precisam ser diagnosticadas. Já nas S/As e SAFs, as questões institucionais estão mais voltadas às metas e aos objetivos traçados pelos donos ou investidores.

Portanto, é imprescindível ter o conhecimento do DNA, da cultura, da tradição e da instituição. Uma vez identificados, deve-se questionar se tais aspectos corroboram com a gestão e facilitam a compreensão do público-alvo: os torcedores. É um clube formador ou comprador? Acostumado a lançar jovens? Tem o jogo aguerrido ou técnico em sua essência?

Outro aspecto institucional envolve saber claramente os objetivos e as metas a serem alcançados, assim como o prazo para isso. São objetivos plausíveis? Em quanto tempo poderemos alcançá-los? Os prazos estão de acordo? São essas as questões a serem diagnosticadas.

> "SER O MAIS REALISTA POSSÍVEL E DIRETO NA COMUNICAÇÃO COM OS TORCEDORES DO CLUBE, COM OS COLABORADORES E COM A PARTE DIRETIVA É O PONTO-CHAVE DA RELAÇÃO EXPECTATIVA × REALIDADE."

Outro ponto fundamental é conhecer o perfil dos colaboradores. Estão há muito tempo no clube? Estão acomodados ou desgastados? Ainda estão motivados? A comunicação interna é direta e transparente ou é um clube com muitas "fofoquinhas"? Há muitos vícios no processo?

Com relação ao perfil do torcedor, é interessante fazer algumas questões. Onde estão? Como agem? Como se expressam? São ansiosos? Como está o nível de satisfação deles? Estão há muito tempo sem ganhar algum título?

Em se falando da comuncação, é possível se perguntar se a comunicação interna está de acordo. Ela alcança os objetivos e a todos os colaboradores? Como é feita a comunicação externa e com a imprensa? Está atingindo os objetivos? As redes sociais estão mostrando a todos como é o clube? A interação está suficiente e eficiente?

E a estrutura? Está atendendo toda a demanda profissional, da categoria de base e administrativista? Os profissionais conseguem desempenhar todas as suas funções com o que se tem de estrutura? Os materiais são modernos e atualizados? O ambiente de trabalho é leve e saudável? O clube se preocupa em modernizar e atualizar a tecnologia?

Quanto mais dados sobre o clube, aspectos culturais, detalhes do dia a dia e do momento atual forem colhidos, mais o gestor executivo conseguirá realizar o planejamento estratégico.

DIAGNÓSTICO ADMINISTRATIVO

Nesse ponto, deve-se entender como é a estrutura administrativa. Quem são os responsáveis por ela? São profissionais ou estatutários? Estão com muito tempo de casa? Estão atualizados e motivados? Em clubes estatutários, estão por serem indicações políticas? Os executivos profissionais têm autonomia de decisão ou ao menos um processo para a tomada de decisão, por mais simples que ela possa ser? Estão de acordo com os objetivos e sabem de suas respectivas responsabilidades no projeto? O fluxo de informação entre eles e o departamento de futebol é coeso e direto? Existe um processo de cargos e salários vigente? O ambiente é bom? É um ambiente receptivo a novas ideias e novos profissionais? A integração entre os departamentos é feita de forma sistematizada?

DIAGNÓSTICO JURÍDICO

Nesse âmbito, é essencial ter o conhecimento completo dos contratos e de todas as pendências jurídicas do clube, tanto na parte institucional e técnica quanto em relação a ações em geral.

Na parte institucional, são centrais as questões de licenças para disputar campeonatos, os colaboradores pessoa jurídica (PJ), os departamentos terceirizados etc. Já o gestor precisa saber de imediato principalmente sobre colaboradores PJs, terceirizados e estratégicos, observando os prazos dos contratos, as responsabilidades e os valores envolvidos. E, ainda, sobre os contratos de patrocínios, os direitos de televisão, os fornecedores, compras ou vendas e as pendências na Fifa ou em órgãos gerais desportivos.

A parte técnica envolve as questões contratuais dos atletas profissionais e da categoria de base: situação do tempo de contrato; possibilidades de pré-contrato do atleta; multas contratuais; contratos de imagem; comissão de agentes; exclusividade de venda; compra de softwares de análises; e contrato da comissão técnica.

Por sua vez, na área de dívidas e cobranças, todo um apanhado de ações pendentes, trabalhistas e cíveis e conflitos financeiros abertos de pagamentos ou recebimentos deve ser levantado para análise.

DIAGNÓSTICO FINANCEIRO

O diagnóstico financeiro, principalmente nos clubes estatutários, pode ser considerado o calcanhar de Aquiles de uma gestão de excelência. Se a casa não está em ordem, com pagamentos em dia, saúde financeira, fluxo de caixa e investimentos e receitas equilibrados, a possibilidade de uma gestão planejada beira a zero.

> "CREDIBILIDADE E AUSTERIDADE FINANCEIRA SÃO OS MARCOS DE UMA BOA GESTÃO."

Como está a situação atual? Qual o plano de ação? Qual a capacidade financeira? Quais as fontes de receitas fora do "trivial"? Quais as projeções futuras? Qual o cronograma do plano estratégico do pagamento de dívidas (quando existirem)? Existe algum passivo trabalhista? Tributário?

Os objetivos esportivos estão de acordo com a capacidade financeira? A comunicação interna e externa da realidade está bem colocada? Existe algum sistema de controle automatizado? *Compliance*? Auditorias interna ou terceirizada?

Existem dívidas em aberto com fornecedores? Alguma na Fifa? Com os atletas, membros de comissão técnica e colaboradores atuais? Premiações estão em dia?

Quais as principais fontes de receitas? As receitas estão comprometidas? Foram antecipadas? Existe algum planejamento para se buscar outras fontes?

DIAGNÓSTICO ESPORTIVO

A essência dos clubes está em seus departamentos de futebol. Mesmo com a existência de clubes sociais e outras modalidades esportivas, o departamento de futebol é a alavanca principal das despesas quando se trata de receitas, exposição na mídia, cobranças internas e externas e atenção dos *stakeholders* – ou seja, basicamente tudo o que envolve a existência do clube.

Dessa forma, é preciso um diagnóstico criterioso do elenco atual, com número de atletas, definições das possíveis carências, utilização da base e a metodologia embutida no departamento de futebol.

Na categoria de base, como são os processos de captação, de formação, de transição e o perfil dos profissionais? Qual é a equipe de trabalho? Estão de acordo com as metodologias? Trabalham o atleta, mas existe a preocupação com a formação do homem? O clube tem o hábito de revelar atletas? Qual é a quantidade de atletas por categoria? Qual é a estratégia para as competições a serem disputadas? E para a disputa de possíveis torneios internacionais?

Sobre a temporada, qual é a quantidade de atletas no elenco principal? Existirá time B? Sub-23? Como será a pré-temporada? Há prioridade para alguma competição? Quais são os objetivos? A comunicação interna está clara? Qual é a avaliação dos profissionais atuais envolvidos nas áreas diretamente ligadas ao futebol?

Relativo aos profissionais da área do futebol, qual é o perfil deles? Estão motivados? Desgastados? Atualizados? Existe um organograma definido? Sabem a quem se reportar? Conhecem os objetivos do clube? Estão claras as responsabilidades e funções? Existe um processo de cargos e salários vigente?

No que remete a outros aspectos, a estrutura existente está de acordo com o necessário para treinamentos e acomodação dos profissionais? Como está a atualização da tecnologia? Há a utilização de softwares nos departamentos de mercado e análise? E em outras áreas? O ambiente é positivo e receptivo a novas ideias e novos profissionais? É saudável?

IDENTIFICADORES DE SUCESSO

Os identificadores de sucesso estipulados pela gestão servem de base para monitoramento e controle. Baseado nos diagnósticos prévios, o executivo planeja suas ações e desenvolve os parâmetros mínimos de acordo com os objetivos de cada instituição.

> **"OS DADOS DOS IDENTIFICADORES FUNDAMENTAM E DÃO AUTORIDADE ÀS TOMADAS DE DECISÕES, À AVALIAÇÃO DO SUCESSO DO PROJETO E AOS AJUSTES DE ROTAS."**

Sem um padrão absoluto, definido por cada projeto, pode-se medir o sucesso da gestão de um clube utilizando referências e dados, de acordo com o que foi previamente planejado – metas e prazos estipulados –, acompanhando o andamento do projeto e observando os identificadores.

FINANCEIROS (DENTRO DOS PADRÕES PREDEFINIDOS)
- Saúde financeira, de acordo com o planejamento.
- Contas em dia.
- Pagamentos de salário em dia.
- Fornecedores pagos conforme contratos.
- Investimentos possíveis e realistas dentro do orçamento.
- Balanços semestrais e anuais transparentes.
- Fluxo de caixa organizado.
- Folha salarial equilibrada e justa dentro do orçamento.
- Profissionais valorizados de acordo com o mercado e a meritocracia, dentro de um plano de cargos e salários.
- Tabela de premiação balanceada e justa.
- Procura por possíveis novos patrocinadores em pleno vapor.
- Valor da marca atual para o mercado de acordo com o plano.
- Receitas em ascensão.
- Busca por novas receitas em andamento.
- Política de austeridade funcionando.
- Dívidas sendo sanadas.
- Despesas equilibradas e enxutas dentro do orçamento.
- Recursos sempre disponíveis para investimentos em atletas.
- Necessidade anual de vendas de atletas para o equilíbrio das contas diminuindo.

FUTEBOL PROFISSIONAL, DE BASE E FEMININO
- Número de atletas no elenco profissional oriundos da categoria de base de acordo com o planejado.
- Produção das equipes dentro da expectativa.
- Ambiente sempre leve e agradável.
- Baixo índice de momentos de crise durante a temporada.
- Número de ofertas para aquisição dos atletas em crescente.
- Alto número de procura do externo (agentes) ofertando atletas para contratações.
- Índice baixo de erros na relação contratação × acertos/erros.

- Processo de captação, formação e transição dentro dos padrões predefinidos.
- Índice de satisfação do torcedor alto.
- Alta procura por atletas na mídia em geral.
- Protagonismo do clube na temporada.
- Alto índice de convocações dos atletas profissionais e da categoria de base para as seleções nacionais.
- Recusa da saída de atletas, funcionários e comissões técnicas, baseada no alto índice de felicidade (todos querem permanecer).
- Expectativa pelos objetivos esperados serem concretizados.

ÁREA DA SAÚDE E FÍSICA
- Baixo número de lesões.
- Processo de prevenção realizado por todos conforme o padrão do clube.
- Recuperações de lesões antecipadas, com constantes quebras dos prazos de retorno dos atletas e baseadas em protocolos científicos.
- Equipes completas e bem condicionadas, ou próximas disso, no fim das temporadas.
- Treinamentos monitorados e de alta intensidade.
- Fluxo de informação contínuo, unificado e sólido entre todas as áreas da saúde (nutrição, medicina, fisioterapia, podologia, fisiologia, odontologia – nos aspectos mental e físico).
- Conscientização em alta por parte dos atletas nos quesitos descanso e alimentação.

INSTITUCIONAL
- Número crescente no programa de sócio-torcedor.
- Fidelidade e número alto de adimplentes no programa de sócio-torcedor.
- Engajamento e ativações com os torcedores e alto índice de aceitação.
- Alta taxa de ocupação do estádio anualmente.

- Engajamento e alto número de seguidores nas redes sociais oficiais do clube.
- Alto índice de exposição espontânea da marca do clube.
- Alto índice de satisfação por parte dos patrocinadores e colaboradores.
- Aquisição e visualização no sistema *pay-per-view* elevadas.
- Alto índice de demanda por atletas e comissão técnica nas mídias esportivas para entrevistas etc.
- Alto índice nos fatores credibilidade e transparência da instituição com relação ao mercado em geral.
- Protagonismo nos rankings nacionais e internacionais.
- Valor elevado da marca e dos ativos (elenco).
- Valor patrimonial elevado.

CAPÍTULO 6

ESTRUTURAS FÍSICAS DE UM CLUBE

Uma estrutura completa, limpa, bem planejada e com espaço e conforto adequados garante um ambiente saudável e propício para que atletas e colaboradores possam pensar apenas em obter o máximo de seu desempenho, além de aumentar a responsabilidade e o comprometimento com o projeto. Por outro lado, a falta de um ambiente estruturado prejudica e tira, muitas vezes, o foco do profissional.

Cada clube, dentro de sua realidade e capacidade financeira, deve fazer um esforço prioritário para que a estrutura seja a mais adequada para os seus colaboradores.

> "UM AMBIENTE DE TRABALHO AGRADÁVEL, FUNCIONAL E CONFORTÁVEL É O PRIMEIRO CAMINHO PARA O SUCESSO DO PROJETO."

DEPARTAMENTO DE FUTEBOL E SEUS ADJACENTES

Dentro do departamento de futebol, existem outros departamentos, alocados no guarda-chuva organizacional, que funcionam no dia a dia em jogos e treinos. Por isso, é fundamental que haja um fluxo de informação entre eles e que os processos sejam bem definidos para que resultem em uma gestão de excelência.

DEPARTAMENTOS ADJACENTES AO DE FUTEBOL
- Técnico;
- Análise e desempenho;
- Registro;

- Mercado;
- Performance;
- Administrativo;
- Segurança;
- Logística;
- Categoria de base;
- Braço jurídico.

Esboço de organograma do departamento de futebol e os adjacentes

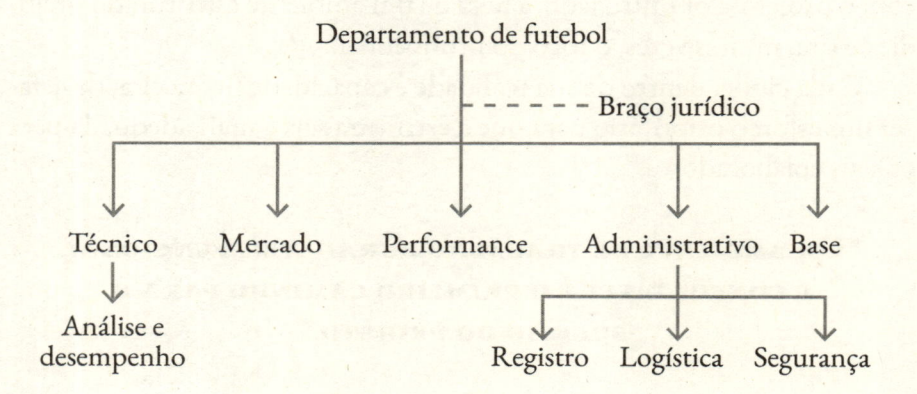

```
                    Departamento de futebol
                    ├ ─ ─ ─ ─ Braço jurídico
        ┌───────┬───────┬───────┬───────┐
        ↓       ↓       ↓       ↓       ↓
     Técnico Mercado Performance Administrativo Base
        ↓                       ┌───┬───┬───┐
     Análise e                  ↓   ↓   ↓
     desempenho              Registro Logística Segurança
```

DEPARTAMENTO TÉCNICO

Engloba as comissões técnicas e auxiliares e todos os profissionais envolvidos nas questões técnicas de jogo. É composto por treinadores, auxiliares, preparadores físicos e preparadores de goleiro. Tem como função o planejamento de treinos e jogos, as definições táticas, as estratégias e as convocações.

ANÁLISE E DESEMPENHO

Ligado à área técnica, o departamento de análise e desempenho é responsável pela avaliação individual e coletiva de atletas, adversários, treinos e jogos. Nas categorias de base, também cuida da avaliação de captação por meio dos captadores do clube.

Esboço de organograma do departamento de análise e desempenho

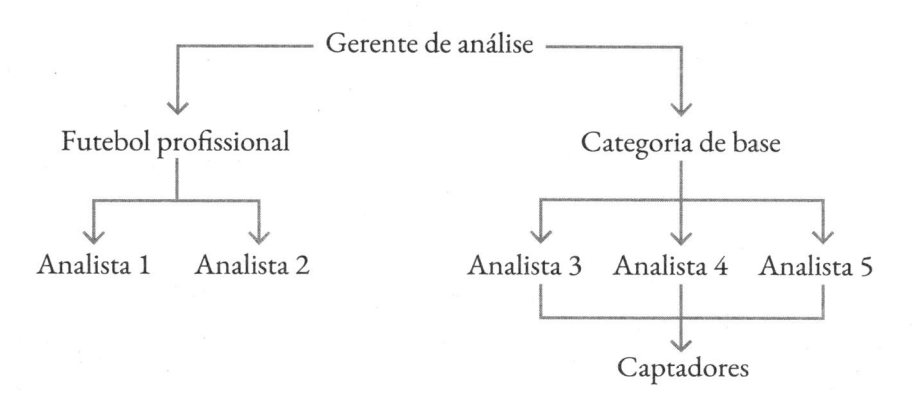

```
                    ┌──── Gerente de análise ────┐
                    ↓                             ↓
          Futebol profissional            Categoria de base
              ┌───┴───┐                ┌───────┬───────┐
              ↓       ↓                ↓       ↓       ↓
         Analista 1  Analista 2   Analista 3 Analista 4 Analista 5
                                       └───────┬───────┘
                                               ↓
                                          Captadores
```

MERCADO

Associado diretamente ao diretor-executivo de futebol, o departamento de mercado tem como função o acompanhamento de jogadores do próprio clube, do clube a que estão emprestados e de possíveis alvos de contratações, assim como informações completas sobre os atletas, como tempo de contrato, valores de multas, empresários, carências dos diversos mercados e empréstimos de atletas que não serão utilizados, ajudando, assim, na desoneração da folha salarial.

Esboço de organograma do departamento de mercado

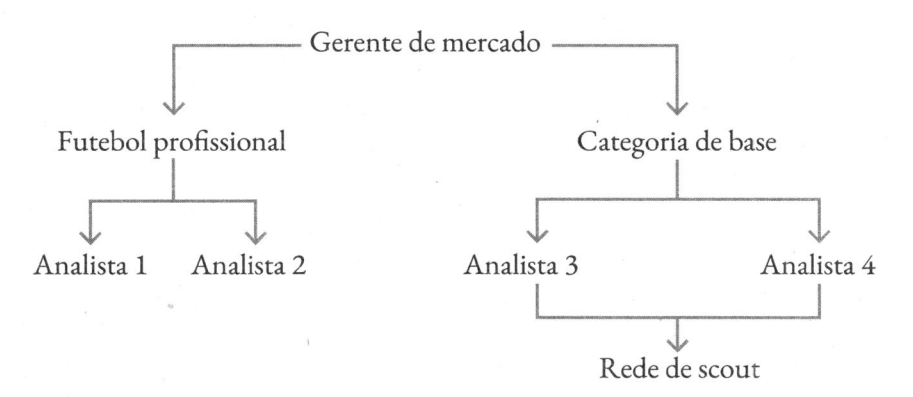

```
                    ┌──── Gerente de mercado ────┐
                    ↓                             ↓
          Futebol profissional            Categoria de base
              ┌───┴───┐                      ┌───┴───┐
              ↓       ↓                      ↓       ↓
         Analista 1  Analista 2         Analista 3  Analista 4
                                             └───┬───┘
                                                 ↓
                                          Rede de scout
```

PERFORMANCE

É o departamento responsável por preparação física, recuperação, prevenção, transição, desempenho, evolução, desenvolvimento, crescimento, saúde e nutrição.

Esboço de organograma do departamento de performance

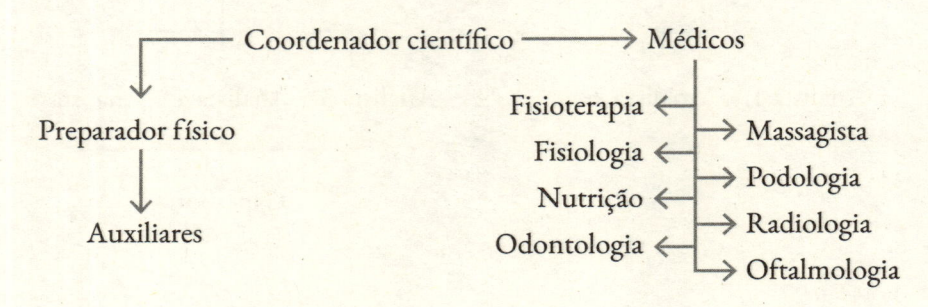

```
                    Coordenador científico ──────→ Médicos
         ↑                                  
         │                         Fisioterapia ←
         ↓                                        ┌→ Massagista
  Preparador físico              Fisiologia ←    │→ Podologia
         │                                        │
         ↓                         Nutrição ←     │→ Radiologia
     Auxiliares                                   └→ Oftalmologia
                                  Odontologia ←
```

ADMINISTRATIVO

Caracteriza-se por toda área administrativa ligada ao departamento de futebol, englobando gerência executiva, supervisão, almoxarife, manutenção, hotelaria e segurança.

A gerência se associa ao executivo de futebol e coordena o fluxo de informação das áreas administrativas para a organização do dia a dia do departamento de futebol. Já os departamentos de logística e registro estão dentro do guarda-chuva do administrativo.

Esboço de organograma do departamento administrativo

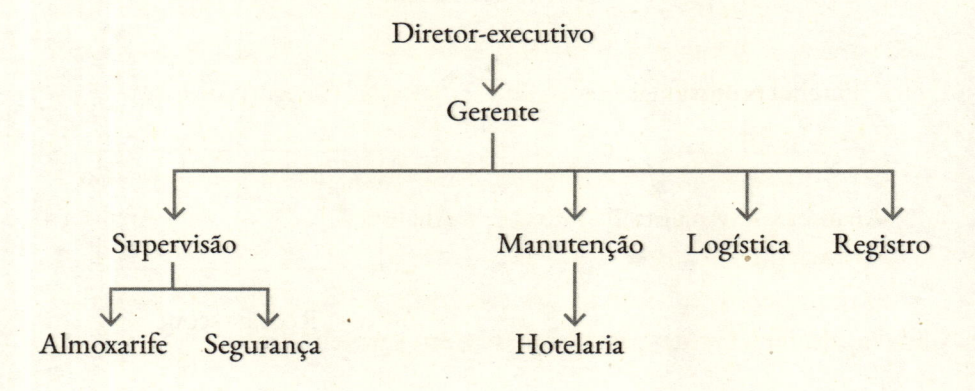

```
                    Diretor-executivo
                           ↓
                        Gerente
         ┌──────────┬──────────┬──────────┐
         ↓          ↓          ↓          ↓
     Supervisão  Manutenção  Logística  Registro
      ┌───┴───┐       ↓
      ↓       ↓    Hotelaria
  Almoxarife Segurança
```

REGISTRO

Formado pela equipe responsável pelo registro dos atletas no Boletim Informativo Diário (BID) e pelas transferências de atletas nacionais e internacionais por meio do sistema da Fifa, *Transfer Matching System* (TMS). É subsidiado pelo departamento administrativo, faz parte do guarda-chuva do administrativo e é auxiliado pelo braço jurídico.

LOGÍSTICA

Cuida de viagens, hotelaria, alimentação, pré-temporada, traslados internos, voos fretados ou comerciais, campo para treinamentos fora da cidade da instituição e escoltas. São vários os encaixes para que tudo caminhe de acordo com o planejamento.

SEGURANÇA

É o departamento responsável pela segurança de atletas, comissão técnica e dirigentes em viagens, centro de treinamentos, jogos, treinos, eventos etc.

CATEGORIA DE BASE

"A RESPONSABILIDADE DO CLUBE EM SUAS CATEGORIAS DE BASE ULTRAPASSA SOMENTE O LADO ESPORTIVO E ESTÁ INSERIDA NA RESPONSABILIDADE SOCIAL E DE FORMAÇÃO DE JOVENS QUE COMPÕEM AS COMUNIDADES."

A base, como o próprio nome diz, é a fundação do DNA do clube. Dela surgem a identificação e a ligação da instituição com os seus torcedores. Para tal, são três os pilares fundamentais:

CAPTAÇÃO

Uma captação já com valências predefinidas encurta o processo de adaptação e desenvolvimento dos atletas.

FORMAÇÃO

Executivos e profissionais das categorias de base têm a responsabilidade de ajudar a formar seres humanos em primeiro lugar.

Transição

Saber o momento certo da transição da base para o profissional implica conhecer a fundo os aspectos cognitivos, físicos, técnicos, táticos e emocionais dos atletas, juntamente com a estabilidade e a necessidade de utilizá-los na equipe.

Esboço de organograma da categoria de base

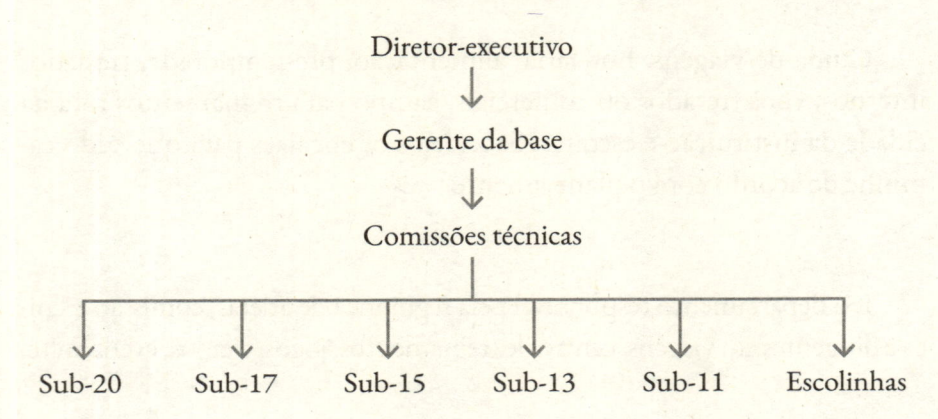

Diretor-executivo
↓
Gerente da base
↓
Comissões técnicas
↓

| Sub-20 | Sub-17 | Sub-15 | Sub-13 | Sub-11 | Escolinhas |

ESTÁDIOS

Ambiente onde toda a preparação é colocada à prova, os estádios são os locais da interação entre clube e torcedor. São recintos circundados por bancadas para espectadores, profissionais das diversas mídias e profissionais do esporte que realizam sua atividade.

Os clubes brasileiros são proprietários dos estádios ou utilizam um estádio do governo. Os 20 clubes melhores ranqueados pela CBF, em 2022, e seus respectivos estádios de jogos são:
- Clube de Regatas do Flamengo: Maracanã (Governo);
- Sociedade Esportiva Palmeiras: Allianz Parque (Parceiro comercial);
- Clube Atlético Mineiro: Mineirão (Governo);
- Grêmio Foot-ball Porto Alegrense: Arena do Grêmio (Proprietário);
- Club Atlhético Paranaense: Arena da Baixada (Proprietário);

- Santos Futebol Clube: Vila Belmiro (Proprietário);
- São Paulo Futebol Clube: Morumbi (Proprietário);
- Sport Club Internacional: Beira-Rio (Proprietário);
- Fluminense Football Club: Maracanã (Governo);
- Sport Club Corinthians Paulista: Neo Química Arena (Proprietário);
- Fortaleza Esporte Clube: Arena Castelão (Governo);
- Esporte Clube Bahia: Arena Fonte Nova (Governo);
- Ceará Sporting Club: Arena Castelão (Governo);
- Cruzeiro Esporte Clube: Mineirão (Governo);
- América Futebol Clube: Independência (Proprietário);
- Associação Chapecoense de Futebol: Arena Condá (Governo);
- Botafogo de Futebol e Regatas: Nilton Santos (Concessão pública);
- Club de Regatas Vasco da Gama: São Januário (Próprietário);
- Red Bull Bragantino: Nabi Abi Chedid (Proprietário).

Com o passar dos anos e principalmente com o Brasil tornando-se sede da Copa do Mundo de 2014, a evolução dos estádios brasileiros veio da necessidade de segurança e conforto para o público. Os antigos templos do futebol ou gigantes, entre outras nomenclaturas voltadas aos tradicionais estádios, transformaram-se, com a modernidade, em **arenas multiuso** ou **estádios padrão Fifa**, como são conhecidos na atualidade.

As modernas e belíssimas arenas multiuso que se espalharam pelo país são definidas pela capacidade de proporcionar as mais diversas experiências a grupos diferentes de pessoas: eventos esportivos, sociais, corporativos e musicais. Tudo ao mesmo tempo ou a curtas distâncias. O conforto e a facilidade de chegada à arena são aspectos fundamentais para seu sucesso, enquanto a busca por autossustentabilidade e rentabilidade de todo o complexo é o grande desafio dos gestores.

No que tange à expressão padrão Fifa, ela remete à qualidade e organização dos eventos organizados pela Fifa, com inúmeras recomendações e normas a serem seguidas.

PADRÃO FIFA

- **Dimensão do campo**: 105 metros de comprimento por 68 de largura, sem barreiras entre o campo e as arquibancadas;
- **Capacidade**: em eventos Fifa, mínimo de 30 mil lugares para ocupantes sentados;
- **Iluminação**: contar com geradores de energia de capacidade mínima de 3 horas para o caso de apagões. No plano vertical, acima de 2 mil lux e, no horizontal, superior a 3,5 mil lux, sem sombras ou ofuscamento.
- **Localização**: ter fácil acesso por meio de transporte público e estacionamentos no entorno.
- **Segurança**: escadarias, portões e corredores livres de obstáculos. Sala de controle com visão panorâmica. Câmeras de vigilância interna e externa. Sala de primeiros socorros e ambulância;
- **Vestiários e acesso**: jogadores e arbitragem devem ter uma área de entrada segura e exclusiva, com espaço suficiente para carros e ônibus circularem. Vestiários devem ter, no mínimo, 150 m² com itens de conforto idênticos para ambos. Também precisa haver áreas de aquecimento e túnel de acesso ao campo com, no mínimo, 4 m de largura;
- **Conforto**: assentos individuais e numerados, com largura mínima de 47 cm, encosto de no mínimo 30 cm de altura e distância mínima de 85 cm de um assento ao outro. A visão deve ser perfeita de qualquer ponto do estádio. As placas de publicidade precisam ter altura máxima de 100 cm. É preciso que haja rampas para cadeirantes com entradas exclusivas e banheiros adaptados;
- **Mídia**: cabines de imprensa com localização central no estádio, havendo uma mesa para cada estação, todas providas de tomadas de energia, conexão modem, telefone e televisão para cada oito estações;
- **Sala de coletiva**: mínimo 100 m² com aproximadamente 100 assentos;
- **Zona mista**: área entre os vestiários e a saída dos atletas que comporte ao menos 250 profissionais de comunicação.

CENTRO DE TREINAMENTO

É parte fundamental para a preparação do projeto. O complexo pode compor o profissional, a categoria de base e o feminino no mesmo local, assim como ter locais diferentes para cada um. Fundamentalmente fechado ao externo, a não ser com autorização prévia, é o local exclusivo do dia a dia de atletas, comissões técnicas e colaboradores voltados à atividade do futebol. De acordo com a **capacidade financeira** da instituição, o mais importante é que seja um ambiente íntimo, seguro e agradável.

COMPOSIÇÃO IDEAL (RESPEITANDO A CAPACIDADE FINANCEIRA)

1. CAMPOS DE TREINAMENTO
- Profissional: três campos;
- Categoria de base: cinco campos;
- Feminino: dois campos;
- Recuperação, prevenção e transição: um campo sintético (tamanho de futsal).

2. VESTIÁRIOS
- Um exclusivo para o profissional contendo área de trocador, escaninhos individuais e quadro informativo;
- Um menor para possíveis visitantes;
- Dois para as categorias de base;
- Um para a equipe feminina.

3. ROUPARIA E LAVANDERIA
- Anexada aos vestiários;
- Atenção à segurança e organização do material;
- Área para roupas sujas;
- Área de lavanderia.

4. DEPARTAMENTO MÉDICO
- Sala médica;
- Sala de avaliações;
- Enfermaria.

5. FISIOTERAPIA
- Cinco macas;
- Próximo à academia e ao campo de transição;
- Aparelhagem fisioterápica.

6. ÁREA TÉCNICA
- Vestiário para a comissão técnica;
- Sala menor de reunião;
- Análise de desempenho e scout;
- Vestiário de treinador e auxiliares.

7. ÁREA CIENTÍFICA
- Sala de fisiologia;
- Sala de nutrição;
- Podologia;
- Odontologia.

8. ACADEMIA
- Ambiente espaçoso e agradável;
- Aparelhagem sempre atualizada;
- Espaço para trabalhos de prevenção e transição.

9. PISCINAS
- Necessárias para atividades de recuperação;
- Piscina gelada;
- Piscina aquecida (quando necessária).

10. ÁREA ADMINISTRATIVA
- Sala para jurídico;
- Registro;
- Supervisão;
- Almoxarifado;
- Arquivos;
- Gerência;
- Diretoria.

11. SALA DE IMPRENSA
- Sala para recebimento de imprensa em geral;
- Copa acoplada;
- Wi-Fi disponível.

12. SALA DE COMUNICAÇÃO E ASSESSORES
- Estrutura com Wi-Fi e equipamentos;
- Fácil acesso aos demais profissionais.

13. ÁREA DE ENTRETENIMENTO E CONFRATERNIZAÇÃO
- Estrutura com espaço suficiente para 120 pessoas.

14. REFEITÓRIO
- Espaço suficiente para 100 pessoas;
- Estrutura de buffet;
- Cozinha industrial.

15. HOTEL
- Capacidade para 60 pessoas entre atletas e comissão técnica;
- Estrutura de hotelaria com limpeza, Wi-Fi, TV etc.

16. ALOJAMENTOS
- Capacidade para 120 atletas amadores;
- Dormitórios para até quatro atletas e com banheiro;

- Área de entretenimento;
- Refeitório;
- Segurança.

17. AUDITÓRIO
- Capacidade para 60 pessoas sentadas;
- Sistema de audiovisual disponível.

SEDE SOCIAL (ADMINISTRATIVO)

O administrativo de uma instituição esportiva é o coração que recebe todo o fluxo de informação e dá andamento para que os processos se concretizem.

Nos clubes estatutários, geralmente, localiza-se nas sedes sociais, que nada mais são do que espaços fora do departamento de futebol e que abrangem outras modalidades (esportiva ou institucional), ou seja, toda a instituição.

SETORES ADMINISTRATIVOS
- Financeiro;
- Recursos humanos;
- Segurança;
- Sede social;
- Jurídico;
- Esportes especializados (quando houver);
- Esportes olímpicos (quando houver);
- Tecnologia (T. I.);
- Call center;
- Sócios-torcedores;
- Comunicação;
- Marketing;
- Comercial.

CAPÍTULO 7

RELAÇÃO DA GESTÃO DOS CLUBES COM OS AMBIENTES

EQUILÍBRIO NAS RELAÇÕES

No cotidiano de um clube esportivo, o gestor atua diretamente em ambientes dentro (internos) e também no entorno (externos) das instituições. Assim, é importantíssimo entender cada um deles e o tom certo da relação em prol dos objetivos planejados. Entre os requisitos disso estão o equilíbrio nas tomadas de decisões; o conhecimento dos momentos de cobrar, elogiar, tomar a frente e blindar; a interação sem ultrapassar limites do comando ao comandado ou de funções; e as responsabilidades preestabelecidas.

> "**CUIDADO** com exagero ou passividade, pois o mais pode significar menos e vice-versa. O gestor, como líder, tem a responsabilidade de ser o ponto de **EQUILÍBRIO** do processo com os ambientes internos e externos."

COMO CHEGAR AO EQUILÍBRIO NA RELAÇÃO COM OS AMBIENTES

PREPARO E CONHECIMENTO
Se preparar para cada interação é ter o conhecimento dos desejos e anseios das partes, do perfil das pessoas, do assunto e do objeto da reunião.

INFORMAÇÃO
Quanto mais informação o gestor obtiver, mais preparado estará para possíveis embates e negociações.

EXPERIÊNCIA
O tempo é um fator essencial de desenvolvimento nas relações. Acertos e, principalmente, erros dão suporte e entendimento para os relacionamentos com todos os ambientes.

CONVICÇÃO
Com preparo, conhecimento e informação, o gestor necessariamente tem que ter confiança e convicção em suas ações.

CREDIBILIDADE E TRANSPARÊNCIA
São princípios básicos para as relações internas e externas.

CONSTANTE INTERAÇÃO COM TODOS OS DEPARTAMENTOS
A interação, principalmente no quesito audição, facilita o fluxo de informações e a objetividade das relações.

COMUNICAÇÃO ADEQUADA
Deve ocorrer no tom certo, com clareza e firmeza nas informações e ideias.

ATENÇÃO AOS DETALHES
Define o caminho a seguir para alcançar o objetivo estabelecido.

AMBIENTES INTERNOS

Caracterizam-se por ambientes com relação interpessoal e que ficam dentro do clube.

COMISSÃO TÉCNICA
Denomina-se comissão técnica todos os membros diretamente ligados ao cotidiano dos atletas e às suas necessidades para obter o melhor desempenho. Entre eles, estão: médicos, fisioterapeutas, fisiologistas,

nutricionistas, roupeiros, massagistas, preparadores de goleiros, preparadores físicos, auxiliares técnicos, analistas de mercado e desempenho, scouter e treinadores.

> "Gerir pessoas, liderar, comandar e direcionar atitudes e atividades, blindar e sempre ficar atento às vaidades pessoais em comparação às coletivas, buscando tirar o melhor de cada profissional para o bem comum da instituição, são funções e responsabilidades do gestor que lidera um departamento de futebol."

Assim, delegue, cobre e cuide de sua equipe, pois é ela que cuida do seu projeto.

Uma relação a se destacar nesse processo também ocorre entre a gestão e o treinador. Confiança, cumplicidade, liberdade e intimidade são atitudes necessárias para um vínculo sadio e com debates estratégicos, visando ao sucesso do planejamento.

> "A função da gestão é deixar o treinador e a comissão focados exclusivamente na parte técnica e tática, sendo o escudo protetor quando necessário e providenciando estrutura e condição de trabalho para eles."

ELENCO

Um elenco é formado por um grupo de diferentes perfis, classes sociais, culturas, pensamentos, ambições, bases familiares e necessidades. O bom convívio, então, é um diferencial para o andamento adequado do projeto.

> "O futebol é um complexo de vaidades e suas consequências. O foco da gestão precisa ser cuidar de pessoas, ambiente e egos, provendo condição estrutural para a performance de todos."

Jogo de empurra e enrolação, o comum "vou olhar", jamais pode existir. A relação sempre deve ser transparente, franca, direta e honesta com o elenco. Conheça o perfil individual e coletivo e encontre o ponto-chave para agir nos bons e maus momentos. Encontre líderes e os provoque. Se o ambiente interage, se conversa, se a cobrança sadia acontece, a possibilidade de desenvolver os pilares do bom ambiente de trabalho é maior.

ADMINISTRATIVO

É composto pela parte administrativa profissional, com áreas como recursos humanos, jurídico, manutenção, supervisão, segurança, obras, marketing, almoxarifado, comercial etc. Nos clubes estatutários, pode ainda existir a presença do diretor estatutário em diversas dessas áreas, trabalhando com profissionais remunerados.

A gestão está no centro da interligação de todos esses departamentos, facilitando os processos, as relações e o fluxo de informação.

CLUBE SOCIAL

Diretores estatutários, conselheiros, sócios e voluntários fazem parte do clube social. Também estão na essência dos clubes estatutários brasileiros, pois poucos ainda são geridos por um dono, como nas S/As ou SAFs. Lembre-se de que esses colaboradores não são profissionais; estão ali para ajudar ou por conta de um sentimento de vaidade pessoal. Portanto, devem sempre se sentir úteis e importantes.

Um gestor profissional deve saber interagir dentro do tom e espaço apropriado. O objetivo comum a todos deve prevalecer para o bem-estar do ambiente e do projeto.

AMBIENTES EXTERNOS

São os ambientes no entorno do clube.

FEDERAÇÕES E CONFEDERAÇÕES

Federações estaduais, confederações nacionais e a internacional Fifa são ambientes reguladores de competições e regras para todo o universo futebolístico.

Logo, uma relação cordial e efetiva é fundamental para o trânsito livre e a interação, quando for preciso. Participar efetivamente de eventos, reuniões e premiações, assim como contribuir com ideias, convicções e planos de ações, está entre os papéis da gestão de um clube.

JORNALISTAS

O jornalista tem como função informar, criticar, elogiar ou opinar sobre o trabalho de um projeto em geral. O foco maior, contudo, está no resultado de campo e nas contratações. Com o respeito de opiniões e do trabalho de cada um, a gestão precisa manter uma relação saudável dentro dos limites éticos e profissionais.

> "A GESTÃO PRECISA TER O ENTENDIMENTO DO PAPEL DE CRÍTICO DO JORNALISTA, CRESCER COM AS OPINIÕES CONSTRUTIVAS E MANTER AS CONVICÇÕES E A CONSCIÊNCIA INTACTAS."

CLUBES

As relações com os clubes são necessárias e estratégicas. É imprescindível conhecer e manter contato com todos a âmbito nacional e internacional, uma vez que as redes de relacionamentos sustentam tais relações.

> "A RAZÃO DE SER DO FUTEBOL SÃO OS CLUBES. CONHECER E RESPEITAR SUAS CULTURAS E TRADIÇÕES É FUNDAMENTAL PARA RELAÇÕES SAUDÁVEIS."

É importante lembrar que os clubes são formados por pessoas, cada qual com características e perfis, mas a prioridade das decisões e relações sempre precisa ser voltada ao interesse das instituições. Ou seja: o clube sempre acima do indivíduo.

REDE SOCIAL

É um ambiente complexo e cheio de particularidades. A gestão deve saber encontrar o ponto de interação e engajamento com o seu público-alvo a partir de estratégias e ações inteligentes.

A utilização das mídias sociais oficiais do clube é um caminho adequado. Porém, os indivíduos, tanto atletas como colaboradores, precisam estar a par, o máximo possível, pelos responsáveis a respeito de assuntos que podem ir contra as normas estabelecidas pelo clube.

O monitoramento, então, faz-se constante pelo departamento responsável, com atenção ao mundo virtual, uma vez que existe muita especulação, fake news, boatos, ofensas e até ameaças. Uma inverdade repetida várias vezes transforma-se em verdade. Desmentir e informar o correto é uma obrigação da gestão.

MERCADO

É o mundo business do futebol. Aquisições, vendas, empréstimos, parcerias, contratações, dispensas e renovações são alguns dos tópicos que compõem o mercado. Assim, depende de:
- Agentes;
- Procuradores;
- Familiares;
- Intermediadores;
- Patrocinadores;
- Investidores.

O conhecimento prévio do seu opositor em uma negociação, suas características, seu perfil e a imposição para atingir os objetivos são fatores fundamentais a uma gestão esportiva. Note que o ganha-ganha sempre é a melhor alternativa.

> "BOM SENSO E EQUILÍBRIO SÃO DUAS PALAVRAS-CHAVE NA RELAÇÃO ENTRE A GESTÃO E O MERCADO."

TORCEDORES

Torcedores são apaixonados e fazem quase tudo pelo clube. Organizados, sócios, gerais – todos têm algo em comum: o **amor** pela instituição.

A linha tênue entre resultados positivos e negativos do jogo equipara elogios e cobranças proporcionalmente ao tamanho da paixão. Saber lidar com isso sem perder as convicções é o grande segredo de uma boa gestão profissional.

"Os clubes só existem por e para os torcedores."

Profissionalismo, dedicação e respeito incondicional ao clube formam a melhor prática para se ganhar o respeito de um torcedor. A gestão é, então, a razão do processo.

CAPÍTULO 8

PARTICULARIDADES EM UMA GESTÃO ESPORTIVA

A gestão dos clubes de futebol é notada a partir de algumas particularidades culturais do esporte ou da própria instituição. Para se obter o completo desenvolvimento de um projeto e alcançar as metas traçadas, o gestor precisa conhecer e respeitar a fundo tais aspectos.

RELAÇÕES

As particularidades das relações dentro de instituições são bastante exclusivas ao esporte. Alguns exemplos em destaque são:

PROFISSIONAIS × ESTATUTÁRIOS (QUANDO HOUVER)

É a relação existente nos clubes regidos por estatutos, na qual o profissional com expertise, conhecimento e experiência é subordinado a um estatutário que pode ou não já ter algum conhecimento e/ou experiências prévias no futebol (geralmente possui em outras áreas). Tem como norte a entrada por uma posição social no clube, uma paixão ou um plano futuro de atuar como profissional.

O importante dessa relação é manter sempre o interesse e as necessidades do clube acima do pessoal ou de algum grupo político. Quando isso ocorre e os colaboradores, profissionais ou estatutários mantêm um bom relacionamento em prol da instituição, todos ganham no fim.

Para um profissional, o respeito dos estatutários é adquirido pelo trabalho e profissionalismo. Por sua vez, o estatutário é respeitado devido à humildade de saber que busca por conhecimento e que pode ajudar nas questões culturais do clube.

PRESIDENTES (OU DONOS) × TREINADORES × ATLETAS

O poder está naturalmente na mão do presidente, em clubes estatutários, ou de donos, em S/A ou SAF; porém, o sucesso do profissional pode colocar muitas das vezes o funcionário (treinador) em um posição fortalecida, jamais à "canetada", mas, sim, devido a torcedor e críticos.

Esse poder obtido com a massa geralmente coloca o subordinado em uma posição à frente de profissionais da gestão que, pelo organograma, estão acima na hierarquia. Uma situação parecida a essa é vista, em alguns momentos, pelos atletas de destaques, que se tornam ídolos e movem as emoções dos torcedores, transformando-se quase em imortais com muitos poderes.

CULTURAIS

As questões culturais são bastante presentes no esporte e, em especial, no futebol brasileiro. Alguns exemplos de particularidades culturais nas instituições esportivas em destaque são:

SUCESSO DO PROJETO × RESULTADO

Talvez o fator mais cultural e de destaque nos clubes de futebol brasileiro seja o resultadismo. O desempenho do projeto e dos profissionais é sempre criticado e julgado pelo resultado do campo. O planejamento, mesmo que comunicado anteriormente, fica em segundo plano e é, pode-se dizer, colocado de lado quando os resultados considerados satisfatórios pelos críticos não são atingidos.

Essa relatividade do resultado satisfatório para pessoas de fora da instituição, que muitas das vezes nem ao menos acompanham os desafios a serem superados, pode destruir projetos que estão em desenvolvimento constante. O tempo necessário para alcançar o sucesso esbarra na ansiedade dos resultados imediatos e na falta de conhecimento.

Ótimos projetos de reconstrução de clubes, liderados por ótimos profissionais, perdem-se na cegueira compulsiva de que o bom é estar somente no topo e em nenhum lugar mais.

PLANEJAMENTO ESTRATÉGICO × CULTURA POLÍTICA (CLUBES ESTATUTÁRIOS)

O fator tempo está diretamente embutido no planejamento estratégico. Muitas vezes, o plano necessita de anos para alcançar a maturidade, especialmente na categoria de base. E tempo é uma palavra muito abstrata quando se tem a política e todas as suas ramificações envolvidas.

O primeiro ponto são os mandatos com fim definido, que variam de clube para clube e são determinados com o objetivo da tomada do poder. O trabalho pode estar excelente, mas a troca de comando pode resultar na saída de profissionais, na mudança de decisões, na alteração do perfil dos profissionais e, mesmo com sucesso, na substituição de planejamento estratégico.

Assim, o que poderia estar próximo de ser um case de sucesso bem panejado pode virar pó da noite para o dia, e o clube recomeçar praticamente do zero.

PERFIL DOS COLABORADORES × CULTURA

A cultura esportiva de uma instituição vinda de um passado de glórias, constantemente, direciona o perfil do comando técnico e dos atletas. Se um clube culturalmente tem na sua raiz uma identificação de ser aguerrido, de fazer de cada jogo uma batalha campal, com uma torcida de mesmo perfil, até um bom jogador, ainda que tenha uma capacidade técnica acima da média, terá dificuldades em criar empatia com o torcedor em geral.

Profissionais são criticados não pelo trabalho desempenhado, mas por a postura não estar de acordo com a cultura da equipe. Um exemplo claro é um treinador com perfil mais observador, tranquilo e que está fazendo um trabalho de excelência, porém é criticado e não cria empatia porque a cultura daquele clube é direcionada para um treinador mais acalorado, que transmite mais energia.

FINANÇAS

Questões financeiras possuem particularidades marcantes nas instituições esportivas. Alguns exemplos de particularidades financeiras em destaque são:

FINALIDADES FINANCEIRAS

Os clubes estatutários no Brasil, maioria esmagadora, são associações públicas sem fins lucrativos. Todos os processos têm o objetivo final de conquistas, e não de lucro financeiro a alguém. As receitas, as despesas e os investimentos são destinados para que as instituições obtenham resultados esportivos e sociais. Portanto, a responsabilidade econômica e fiscal é do clube, enquanto os responsáveis do momento pelo mandato respondem junto a órgãos internos da instituição.

Esse histórico brasileiro desencadeou um processo quase falimentar de instituições centenárias e estatutárias, com dívidas trabalhistas, cíveis e fiscais exorbitantes.

Por sua vez, S/As e SAFs seguem os objetivos financeiros particulares dos proprietários, responsáveis pelas finanças e pelos resultados econômicos das instituições. As dívidas trabalhistas, cíveis e fiscais dos clubes passam a eles, assim como os possíveis lucros. Ressalta-se que, no caso específico das SAFs, o investidor que a adquire também assume a responsabilidade da quitação de dívidas com prazo e condições especiais estabelecidos pela lei.

RESPONSABILIDADES E INCENTIVOS FISCAIS

Responsabilidades e incentivos fiscais estão muito relacionados a como uma instituição possui, por muitos anos, prejuízos contábeis, falta de pagamento de impostos e incontáveis ações de cobranças de todos os tipos em execução, mas, ainda assim, consegue sobreviver. No mundo empresarial, tal instituição estaria com falência decretada e patrimônio leiloado para pagamento das dívidas.

No caso das dívidas fiscais, o governo, em vários momentos, criou incentivos para que os clubes pagassem de forma parcelada os débitos.

Por muitos anos, os responsáveis pelos clubes não eram responsabilizados por essas dívidas e eram "julgados" apenas por resultados do campo de jogo. A aprovação de balanços anuais era uma mera formalidade e, geralmente, uma reunião política – aprovados ou não, eram negociados por favores internos.

Aos poucos, a importância da gestão vem crescendo e há anos os responsáveis, ou melhor, os irresponsáveis podem responder com a perda de patrimônio próprio se cometerem atos de má gestão.

STAKEHOLDERS

Os *stakeholders* englobam todos que, de maneira direta ou indireta, são afetados pelo projeto positiva ou negativamente. Alguns exemplos de particularidades da relação com *stakeholders* são:

CLUBES × TORCEDORES

Os clubes, em sua esmagadora maioria, nasceram por torcedores apaixonados e são administrados com o intuito de fazê-los felizes com conquistas. Raramente, e apenas como S/A, os clubes são fundados com a única intenção de conquistas para agradar os apaixonados.

Essa relação entre o executivo, eleito para comandar o clube com profissionais escolhidos para realizar um trabalho, e os apaixonados torcedores é complexa e singular se pensarmos na visão business que existe nos clubes de futebol.

O gestor executivo tem a necessidade de tratar de maneira responsável e empreendedora a instituição esportiva. Já os torcedores respeitam e concordam com essa necessidade, até que a paixão pelas vitórias e conquistas superem a razão e, então, a emoção comece a falar mais alto.

A massa tem o poder de mudar radicalmente um planejamento com cobranças e pressão, seja no estádio ou em redes sociais. Infelizmente, isso ocorre com frequência, e a parte técnica, principalmente, sofre bastante com tais mudanças.

> "No mundo corporativo, os executivos da gestão têm tempo para realizar o planejamento e alcançar os resultados. No mundo futebolístico, precisam atingir os resultados primeiro para ganhar algum tempo até executar o planejamento."

Isso se dá muito em razão da emoção e da ansiedade pelo resultado imediato.

CLUBES × ÓRGÃOS DE IMPRENSA

O respeito e o entendimento do papel de cada um, bem como a transparência e a veracidade nas informações, são fatores determinantes para que essa relação seja saudável.

Os profissionais de imprensa escrita e falada, de redes sociais ou blogs pessoais, têm como função informar, opinar e criticar os clubes de uma maneira geral. O lado profissional tem sempre que estar acima do passional do crítico ou de alguma relação política com o clube. Da mesma forma, a veracidade constatada por fatos e números precisa ser superior às polêmicas e aos cliques em matérias.

Os clubes e seus gestores executivos, estatutários e proprietários precisam compreender, aceitar e debater com base em dados e informações, criando condições estruturais em seus centros de treinamentos para o trabalho da imprensa. Isso significa explicar que informações internas confidencias devem ser blindadas.

Bons e maus profissionais existem em ambos os lados, mas acima das opiniões individuais estão os torcedores apaixonados que merecem saber a verdadeira e correta informação.

CLUBE × CLUBE

Dentro das instituições esportivas, existe o lado profissional, com pessoal contratado e remunerado, e o lado institucional, composto por sócios, conselheiros e diretores estatutários. Logo, é necessária uma relação em que o importante seja necessariamente o bem comum do clube acima do individual. Essa é a base fundamental para o sucesso ou o fracasso do projeto.

Pode parecer estranho, pois se entende que o clube vencendo é bom a todos, mas a falta de sinergia dos grupos por questões individuais pode causar um efeito de sabotagem interna e acarretar o fracasso do todo.

É desse relacionamento que saem as principais tomadas de decisões, o fluxo de informação e a comunicação ao externo, assim como a capacidade de desenvolver, executar, acompanhar e atualizar o planejamento estratégico.

# CAPÍTULO 9

GESTÃO DE NEGÓCIOS

NEGOCIAÇÕES

As negociações são processos diários e contínuos em nossas vidas particulares e profissionais. Já nascemos negociando no primeiro choro, desejando algo, e assim evoluímos como seres humanos.

A gestão de negócios é, sem dúvida, um dos pilares fundamentais no ambiente de um clube de futebol, visando ao resultado preestabelecido para o bem do projeto.

Em definição simples, a negociação é um:

> "PROCESSO DE COMUNICAÇÃO INTERATIVO QUE VISA CHEGAR A DETERMINADOS OBJETIVOS POR MEIO DE ACORDOS ENTRE DUAS OU MAIS PESSOAS, LIDANDO COM CONFLITOS, DIVERGÊNCIAS E ANTAGONISMOS DE INTERESSES, IDEIAS E POSIÇÕES."

No departamento de futebol, a gestão de negócios tem uma grande variação de objetos. Podem ser os mais conhecidos e criticados por público e mídias, como os casos de contratações, vendas e empréstimos de atletas, passando por parcerias com clubes, acordos de renovações e premiações. Mas alcançam também as negociações do dia a dia, como liberação de pós-jogo, horário de treinamento, questões de outros departamentos, ações de marketing ou entrevistas exclusivas, caixinhas e multas de punições preestabelecidas em regulamentos internos etc.

OBSERVAÇÕES IMPORTANTES PARA UM GESTOR NEGOCIAR NO FUTEBOL

1. SABER O QUE REALMENTE SE QUER DO NEGÓCIO (CONVICÇÃO)

Parece básico, mas quando se trata de um acordo no futebol e de várias opiniões diferentes no clube, se um gestor está em dúvida ou não tem convicção plena e absoluta do que quer, a possibilidade de não obter êxito na negociação é grande.

2. TER AUTORIDADE E CONHECIMENTO DE TODOS OS ASPECTOS DE UMA NEGOCIAÇÃO

Resume-se a questões como cláusulas jurídicas e legais, prazos, regulamentos, assim como o entendimento total sobre clube, momento, valores máximos orçamentários, prazos de pagamentos, exposição, comunicação e críticas.

> "O GESTOR DE FUTEBOL TEM QUE TER TOTAL DOMÍNIO DE TUDO QUE ENVOLVE O ENTORNO DE UM NEGÓCIO, ASSIM COMO ATENÇÃO PLENA AOS DETALHES."

3. TER TOTAL CONHECIMENTO DA PARTE COM A QUAL O GESTOR IRÁ NEGOCIAR

Ter conhecimento do adversário é o ponto-chave para o gestor alcançar seus objetivos. Isso significa compreender:
- Perfil emocional
- Características (ansioso, agressivo, paciente etc.)
- Momento de carreira (atleta)
- Momento financeiro (clube)
- Quantas pessoas participam da negociação
- Quais os objetivos das outras partes (agentes e clubes)
- Necessidades, desejos e anseios
- Pontos fortes e fracos

4. TER ARMAS COM AS QUAIS VENDER O PROJETO

Nesse âmbito, é preciso pensar quais são essas armas. Treinador? Elenco? Estrutura? Competições a serem disputadas? Possibilidade de títulos? Projeção individual? Seleção?

Assim, é preciso entender:
- Como utilizar as principais armas do projeto.
- O momento e as dosagem certas.
- Saber utilizá-las como um algo a mais.
- Saber mexer bem o tabuleiro.

5. CONHECER A FUNDO O MERCADO

Conhecendo o mercado a fundo o gestor saberá sobre possíveis concorrentes. Por isso, deve:
- Ter atenção aos blefes da concorrência e saber desarmá-los.
- Mapear possíveis concorrentes.
- Mapear em que ponto os agentes do atleta atuam com constância.

6. SER O VENDEDOR DE SONHOS

Deve-se mostrar os sonhos e projetos para conquistá-los, sejam do clube, sejam os que indiquem onde se encaixa o atleta agora e daqui a alguns anos. Logo, projete em que ponto:
- O atleta se encaixa no projeto.
- O clube estará nos próximos anos.
- O atleta estará dentro do projeto.
- O atleta estará individualmente nos próximos anos.

7. CONTROLAR AS EMOÇÕES

Com as estratégias estabelecidas pelas partes da negociação, o equilíbrio mental e emocional se torna um fator fundamental para o sucesso do negócio. Considera-se que o lado mais equilibrado tem maior possibilidade de sair satisfeito. Assim, tenha:
- Inteligência emocional.
- Conhecimento dos próprios pontos fracos e fortes.
- Sabedoria para, se necessário, retirar-se e **respirar**.

PARTICIPANTES

Nos clubes, as negociações diárias são estabelecidas por colaboradores, estatutários ou profissionais entre departamentos e setores, tendo como pilares o respeito, o foco na solução e o resultado voltado ao clube. As diretrizes e tomadas de decisões são baseadas em transparência e ética profissional. Como exemplo, na contratação de um colaborador, o setor de Recursos Humanos recebe a informação e tem que fazer o fluxo de informação para os outros setores, como o financeiro.

Já nas negociações entre o clube e o externo, os participantes variam de acordo com setores específicos. Por exemplo, o setor de compras com os fornecedores externos, o setor de marketing com os patrocinadores e as empresas de materiais esportivos, o setor de logística com as empresas aéreas e os hotéis etc.

No departamento de futebol, por sua vez, as negociações são variadas e podem ser internas e/ou com a participação do ambiente externo. Internamente, são feitas entre atletas e comissão técnica e a direção e vice-versa. Externamente, envolvem os colaboradores com agentes, atletas, clubes e federações/confederações.

HABILIDADES DE UM NEGOCIADOR NO DEPARTAMENTO DE FUTEBOL

Algumas características são necessárias a um bom negociador no futebol. O gestor pode até dominar bem algumas e outras nem tanto, mas é fundamental o equilíbrio entre elas. A exemplo, deve ser:

- Estratégico.
- Equilibrado emocionalmente.
- Educado.
- Convincente.
- Articulado.
- Criativo.
- Investigador (buscar informações).
- Comunicador.
- Seguro.
- Ouvinte (ouvir bastante e encontrar respostas nas falas do outro).

- Simpático (buscar sempre por empatia de todos os lados).
- Facilitador de soluções (buscar ser quem resolve os problemas).

DEPARTAMENTO DE MERCADO

No departamento de mercado, estão as iniciais e relevantes informações que abrangem as principais negociações da gestão dos clubes de futebol: contratações, vendas, empréstimos e desonerações da folha salarial. A gestão busca tais dados para fundamentar as tomadas de decisões.

ORGANOGRAMA

Esboço de organograma do departamento de mercado

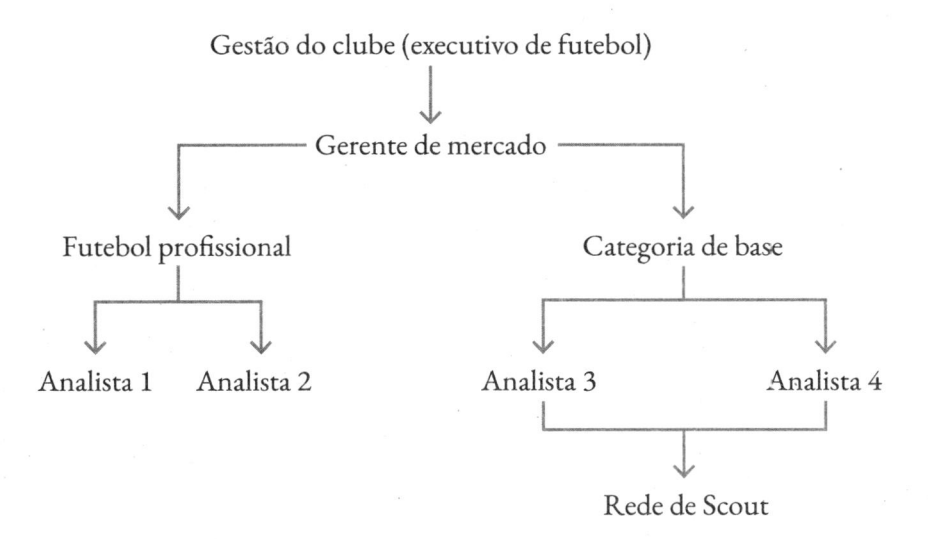

```
            Gestão do clube (executivo de futebol)
                          ↓
          ┌──────── Gerente de mercado ────────┐
          ↓                                     ↓
  Futebol profissional                   Categoria de base
      ┌───┴───┐                            ┌────┴────┐
      ↓       ↓                            ↓         ↓
  Analista 1  Analista 2              Analista 3   Analista 4
                                           └─────┬─────┘
                                                 ↓
                                           Rede de Scout
```

FUNÇÕES

Ligado diretamente à área mercadológica e posicionado com a sua infraestrutura próxima à do executivo de futebol, o departamento de mercado tem algumas funções.

1. MAPEAMENTO CONSTANTE DO MERCADO INTERNO E EXTERNO

Indica auxiliar a gestão com as características de cada mercado e suas necessidades, ter a informação dos agentes influentes de cada região, observar o crescimento e mapear jogadores em fim de contrato ou com desgaste que possam ser alvos futuros do futebol profissional, de base e feminino.

2. BANCO DE DADOS DE ATLETAS (DO CLUBE E DO EXTERNO)

Informações e dados devem ser arquivados em um sistema único (banco de dados) e bem organizado para que o fluxo de informação seja dinâmico e de fácil acesso durante a interação da gestão com o departamento de mercado e de análise e membros da comissão técnica.

3. AUXÍLIO NA GESTÃO DE GRUPO DO FUTEBOL DE BASE E PROFISSIONAL (MASCULINO E FEMININO) COM DADOS IMPORTANTES AOS RESPONSÁVEIS

A ausência de gestão de grupo afeta diretamente o ambiente de trabalho do clube, necessitando da participação e da contribuição de todos para que seja positivo e agradável.

Uma das funções do departamento de mercado é auxiliar com informações aos responsáveis (direção e comissão técnica), tais como: dados cadastrais e status comerciais dos atletas, contatos constantes e atualizações jurídicas e do departamento pessoal (bônus e metas conquistados pelos colaboradores), apresentação periódica de relatório de desoneração, questões de mercado (pesquisas de salários e premiações) etc.

4. AVALIAÇÃO MERCADOLÓGICA DO ELENCO

Caracteriza-se pela constante avaliação do próprio elenco nas questões mercadológicas, tais como: valores coletivos e individuais, comparação com os adversários e comparação com outros mercados.

A gestão define os critérios e os centros de pesquisas. E o gerente de mercado acompanha e atualiza planilhas fundamentais para as tomadas de decisões nos negócios do clube.

5. ACOMPANHAMENTO DOS ATIVOS EMPRESTADOS DO CLUBE

Os ativos do clube de futebol estarão internamente no próprio elenco ou na categoria de base, assim como no externo, caracterizados por atletas emprestados a clubes e parceiros.

Cabe ao departamento de mercado monitorar e fornecer à gestão informações, como: minutagem de jogos; possíveis consultas de interessados; mercados que possam absorver tal ativo (caso não interesse o retorno); e avaliações de comportamento dentro e fora de campo.

6. PROSPECÇÕES E CAPTAÇÃO DE ATLETAS

Prospecções de oportunidades futuras, captação e constante acompanhamento de possíveis alvos de mercado para a categoria de base e profissional são importantes funções do departamento de mercado.

7. RELACIONAMENTO COM MERCADO (AGENTES E CLUBES)

São funções do departamento: o relacionamento com mercado, agentes, clubes e atletas; iniciar transações de empréstimos ou contratações; e buscar dados e informações extras de cada membro do mercado.

NOMENCLATURAS IMPORTANTES

EQUIPE SOMBRA

É a equipe mapeada pelo departamento de mercado com atletas com as mesmas, ou bem aproximadas, características dos atletas que compõem a equipe profissional que está sendo utilizada naquele momento. Fundamental para situações não programadas, como uma lesão grave, uma venda ou a necessidade rápida de reposição.

HOT LIST

É uma lista atualizada dos principais destaques dos campeonatos. De acordo com a gestão, os critérios definidos são idade, questões técnicas e táticas, entre outros. O constante acompanhamento e a atualização dela são essenciais. No fim das competições, dentro da média, a gestão deve estar atualizada sobre os principais atletas em potencial para o presente e o futuro.

PROCESSOS

CONTRATAÇÕES

Essenciais nos processos de formatação de elenco e ponto de maior exposição para o externo no departamento de futebol, as contratações podem ocorrer pela necessidade técnica atual, por reposição de uma perda inesperada, para a composição de elenco, por uma oportunidade de mercado ou por um atleta com potencial futuro.

> **"A CONTRATAÇÃO É UM PROCESSO COMPLEXO DE VENDA DE SONHOS, PROJETO, INTERAÇÃO E DEBATES ENTRE PESSOAS, RESPEITO ÀS FINANÇAS E COMUNICAÇÃO ADEQUADA, QUE ENVOLVE GRANDE PARTE DA GESTÃO DO CLUBE."**

O interesse comum deve prevalecer ou a gestão deve impor e mostrar, baseada no projeto, que o seu caminho é o melhor para todos. Como a relação entre expectativa e realidade é constante, a relatividade entre o sucesso e o fracasso da contratação passa por resultados esportivos individuais e coletivos.

Acontece bastante nos clubes de um atleta, por méritos, chegar com uma expectativa muito elevada e, por vários motivos, não atuar como esperam. Por outro lado, alguns chegam com pouca ou nenhuma expectativa e se tornam uma referência técnica no projeto.

PROCESSO

O processo das contratações serve para fundamentar as tomadas de decisões e minimizar os erros.

1. DEMANDA TÉCNICA

O primeiro passo é o gatilho do processo. O treinador e sua comissão detectam uma necessidade e expõem as carências ao executivo do futebol. Nesse momento, é comum o treinador já oferecer possíveis alvos.

2. BUSCA NO MERCADO

Com a definição das características e da posição com carência, o executivo aciona o departamento de mercado e colhe as informações dos alvos já definidos e possíveis outras sugestões. Nesse momento, dados relevantes, como situação contratual, valores, contatos dos clubes e agentes e pontos fortes e fracos, são levantados.

3. VALIDAÇÃO DO DEPARTAMENTO DE ANÁLISE E DESEMPENHO

Com os alvos definidos, o executivo de futebol busca, dentro dos limites aplicados ao clube, a validação por parte dos analistas e da comissão técnica.

4. NEGOCIAÇÃO

Com as três etapas anteriores concluídas, inicia-se o processo de negociação entre as partes. A gestão deve se utilizar de pontos fortes para tal, como objetivos individuais e coletivos da instituição, pagamentos, elenco e projeções futuras.

Em uma roda de negociação em contratação ou venda no futebol, participam, em sua totalidade ou não:

- Executivos dos clubes.
- Atleta.
- Agente do atleta (pode ser mais de um).
- Agente intermediador (quando não for o mesmo do atleta e for quem conseguiu a proposta).
- Agente do clube (comum em alguns países, principalmente no mundo árabe, Ásia e leste europeu).
- Familiares (quando o atleta pede).
- Presidentes dos clubes (ou o dono).
- Financeiros (ou CEO) dos clubes (quando necessário).

5. VALIDAÇÃO DO DEPARTAMENTO FINANCEIRO

O processo de negociação, os valores, os prazos e as cláusulas futuras de pagamentos por metas devem **sempre** passar pelo financeiro do clube.

Respeitar o orçamento definido é um dos pilares da boa gestão e a premissa de um futuro equilibrado financeiramente.

6. VALIDAÇÃO DO DEPARTAMENTO JURÍDICO

Após a conclusão do financeiro, começam as questões contratuais, de cláusulas e a validação com o departamento jurídico. Todos os contratos concluídos devem conter a assinatura do departamento jurídico.

7. VALIDAÇÃO DA ÁREA DA SAÚDE

Com os contratos assinados, o próximo passo é a avaliação e a validação de todos os exames, constando pareceres de processos médicos, fisioterapeutas, fisiologistas, nutricionistas e preparadores físicos.

8. AUTORIZAÇÃO DO PRESIDENTE (OU DONO) E ASSINATURAS DE CONTRATOS

O presidente nos clubes estatutários ou os donos nas S/As ou SAFs são a autoridade máxima do clube. Por isso, o fim do processo está na autorização e assinatura, ou não, dos contratos.

9. REGISTRO E COMUNICAÇÃO

Com toda a documentação devidamente assinada, o departamento de registro é acionado para concretizar a operação e colocar o atleta em condições de jogo.

De forma adequada, respeitando as cláusulas de confidencialidade, o departamento de comunicação, em conjunto com os responsáveis pelas mídias sociais e o departamento de marketing, comunica o externo.

10. APRESENTAÇÃO E COMEÇO DA ADAPTAÇÃO

Com o processo completo, começam a adaptação e a responsabilidade compartilhada entre todos (comissão técnica, diretoria e atleta).

O primeiro passo é a apresentação do atleta à imprensa e aos torcedores por meio do departamento de comunicação e marketing, com o atleta recebendo informações e fazendo um *media training* sobre o clube, o projeto, as polêmicas a serem evitadas e os possíveis temas a serem abordados.

A partir de então, começa o mais importante passo, aquele que fará com que a contratação seja ou não um sucesso: a rápida adaptação ao trabalho diário, ao clube e à cidade.

VENDAS

Vender um atleta, um ativo do projeto do clube ou um ídolo para o torcedor tem que ser algo bastante planejado, com os prós e contras detalhados. Isso significa considerar uma comunicação assertiva com o externo e, se possível, com opções de substituição imediatas.

MOTIVAÇÃO
- Orçamentária.
- Desejo do atleta.
- Desgaste natural dentro do ciclo.
- Liberação de espaço no elenco para um jovem.
- Reformulação.

PROCESSO

1. CONTATOS, SONDAGENS E RECEBIMENTO DE PROPOSTA

As vendas começam a ser desenhadas no futebol por meio de contatos e sondagens de agentes e clubes. Após essa etapa, se dá o recebimento da proposta oficial e o início da negociação.

2. NEGOCIAÇÃO

O processo de negociação de uma venda obedece à lei de oferta e demanda, com as particularidades da motivação embutidas. A gestão fortalecida (com situação financeira equilibrada) ou enfraquecida (com o contrato do atleta próximo ao fim) precisa atuar sempre defendendo os interesses do clube.

3. VALIDAÇÃO DO DEPARTAMENTO FINANCEIRO

O debate dos números precisa ter o aval e o acompanhamento do departamento financeiro, que levanta as necessidades, os prazos e as projeções financeiras do clube. Esse alinhamento é fundamental para a gestão ter a oportunidade do equilíbrio entre as questões financeiras e técnicas.

4. VALIDAÇÃO E AUTORIZAÇÃO DO PRESIDENTE (OU DONO)

Definidos e alinhados os números do negócio e todos os detalhes envolvidos nele, o debate final e a autorização serão com o presidente do clube, quando estatutário, ou os donos, nas S/As ou SAFs.

5. VALIDAÇÃO DO JURÍDICO E ASSINATURAS DOS CONTRATOS

Envolve a construção dos contratos, das cláusulas, das penalidades, dos regulamentos e das regras. Ou seja, tudo que caracteriza uma transferência necessita da validação do departamento jurídico. Assim, com o aval jurídico, as assinaturas dos contratos são encaminhadas aos departamentos pessoal e financeiro.

6. TRANSFERÊNCIA E COMUNICAÇÃO

É acionado o departamento de registro, pós-assinaturas, assim como o de comunicação para as informações externas.

7. REPOSIÇÃO

Uma reposição rápida e que se encaixe à equipe minimiza os possíveis efeitos negativos de uma venda, tanto os de natureza técnica quanto os relativos aos torcedores. O ideal é que a gestão faça uma venda planejada, já com a reposição em mente, seja ela interna (atletas da base ou do elenco profissional) ou externa (uma contratação alinhada no mesmo instante da venda).

PARTICULARIDADES DAS NEGOCIAÇÕES NO FUTEBOL

Alguns pontos particulares ao quais a gestão precisa estar atenta em negociações no futebol são:

1. MECANISMO DE SOLIDARIEDADE DO CLUBE FORMADOR (FIFA)

Criado pela Fifa, foi uma estratégia desenvolvida para recompensar financeiramente os clubes formadores que investem em seus atletas quando eles passam por suas divisões de base.

A cada transferência, o clube formador do atleta tem direito a até 5% dos valores da transação. Ressalta-se que o percentual é dividido proporcionalmente por todos os clubes pelos quais o atleta passou entre os 12 e 23 anos de idade.

Quem paga é quem compra e, para isso, se retêm os 5% do valor total do negócio. A divisão fica:

- Entre o 12º e o 15º aniversário, o clube leva 0,25% por cada ano.
- Entre o 16º e o 23º de aniversário, o clube leva 0,5% por cada ano.

É comum, nas negociações no futebol, o debate desse pagamento, pois o clube que vende quer o valor livre e o clube que compra quer retê-lo.

2. MULTAS CONTRATUAIS

A instituição esportiva que adquire um ativo com a intenção de retorno técnico, no primeiro momento, e financeiro, no segundo, tem que se atentar às cláusulas penais de rompimento do contrato.

No Brasil, a multa para negociações internas (nacionais) é de até 2.000 vezes a média salarial do contrato do atleta. Já para as externas (internacionais), fica liberada para a definição de cada clube.

3. TEMPO DE CONTRATO

O tempo de contrato para profissionais varia de três meses (mínimo) até cinco anos (máximo). No caso dos jovens da categoria de base, é permitido firmar o primeiro contrato com 16 anos de idade, porém, com o prazo máximo de três anos, por determinação da Fifa.

Outro importante fator aborda os atletas estrangeiros, que, por determinação do governo brasileiro, precisam renovar seus vistos de trabalho de dois em dois anos. Como consequência, os contratos têm essa validade. Para se resguardarem, os clubes fazem pré-acordos de no máximo cinco anos com os atletas e, de dois em dois anos, precisam registrá-los em suas respectivas federações e CBF.

4. REGISTROS

Registrar um atleta significa que ele passou por todo o processo de regularização de transferência até ter condição legal de atuar pela equipe. Nos clubes, o departamento de registro é o responsável e tem a supervisão dos departamentos de futebol e jurídico.

O controle da CBF é feito por meio do boletim informativo diário (BID), publicado com os nomes dos atletas profissionais que estão aptos e autorizados a atuar em partidas oficiais de futebol. No que tange às transferências internacionais, são regulamentadas pela Fifa por meio do *Transfer Matching System* (TMS). As informações são colocadas no sistema pelos clubes (contrato de transferência e documentos do atleta), e, então, é solicitado o *International Transfer Certificate* (ITC) pelas confederações internacionais.

Prazos de inscrições nos campeonatos, janelas e períodos permitidos para negociações de transferências dos países são outros dados que precisam ser atualizados pelas gestões dos clubes. Uma situação de atenção, por exemplo, é o caso de atletas livres, ou seja, sem contrato em vigor com uma agremiação esportiva. Eles podem ser inscritos mesmo com as janelas de transferências fechadas. Mas, para isso, necessariamente precisam ter feito suas rescisões ou ter acabado seus respectivos contratos, com data anterior ao término da janela.

5. IMPOSTOS E TAXAS

É comum nas negociações de compra e venda de atletas surgir a palavra "net" depois de tudo acordado. Ela significa que os valores líquidos estão entrando na conta de quem vende e ao comprador se referem todos os pagamentos. A atenção a esse fator passa pelo mecanismo de solidariedade e, principalmente, pelos impostos.

O primeiro ponto é o envio do dinheiro para fora do país. Há uma taxa que varia de uma instituição financeira para outra, mas que, em média, é de 18% do valor da remessa. Na prática, em uma aquisição de atleta que está no estrangeiro, em acordo que prevê valores líquidos (net), a gestão necessariamente computa, em média, mais 18% do valor da parcela. Por exemplo: uma parcela no valor de US$ 1 mi se transformará em US$ 1,180 mi no final da transferência.

Alguns países específicos possuem taxas e impostos particulares que também influenciam no valor total da aquisição. A Argentina, por exemplo, chega a ter 25% entre impostos e taxas de sindicatos em uma negociação. Assim, a aquisição de atleta de um clube argentino implica, em média, mais 43% em cada parcela, colocando os 18% do envio mais os 25% de taxas e impostos particulares do país. Portanto, uma parcela de US$ 1 mi se transforma em US$ 1,430 mi no final da transferência.

Outro país que tem um impacto importante na condução de uma venda pelos clubes brasileiros é a Espanha. Os governos do Brasil e da Espanha não possuem um acordo comercial de tributos, e, com isso, o fisco espanhol entende que, na venda de uma atleta de um clube brasileiro a um espanhol, mesmo a instituição estando no Brasil, ela tem o direito de cobrar lucro com ganho de capital pela instituição que receberá o recurso. Essa cobrança é, em média, de até 20% do valor do negócio e o fisco cobra diretamente na fonte e bloqueia o percentual de cada parcela enviada. Nesse caso, a gestão dos clubes brasileiros tem por necessidade total utilizar o termo líquido (net) nos valores do negócio, ou seja, taxado pelo fisco espanhol.

NEGOCIAÇÕES INTERPESSOAIS

As negociações interpessoais são aquelas relacionadas às pessoas do dia a dia, como colaboradores, comissão técnica, atletas e direção, visando ao andamento de processos, relacionamentos, ambiente de trabalho e objetivos comuns do clube.

Algumas negociações diárias da gestão que podem ser dadas como exemplo são:

GESTÃO × ATLETAS

São comuns as negociações entre a gestão e o grupo de atletas por premiações, questões de regulamentos internos, pagamentos de salários e imagens (quando o clube não está em dia com suas obrigações), realização de eventos internos (churrascos etc.), distribuição e lista de contemplados em premiações, solicitações junto à comissão técnica, demandas e pedidos individuais.

GESTÃO × COMISSÃO TÉCNICA

As negociações entre a gestão e a comissão técnica podem ser por premiações, elaboração de pré-temporada (dias e locais), definição da equipe de trabalho do clube, logística (voos, hotéis e datas), relação com estatutários (presidente e vice de futebol), contrato de trabalho individual, formatação de elenco, comunicação (entrevistas) e ativações de marketing.

GESTÃO × COLABORADORES

Negociações entre a gestão e os colaboradores podem ser por premiações, escala de trabalho (jogos e treinos), escala de férias, escala de viagens, escala de folgas semanais, contrato de trabalho individual, processos e fluxo de informação entre departamentos, definição do plano de cargos e salários.

CAPÍTULO 10

GESTÃO FINANCEIRA

A gestão de finanças engloba processos controladores de gastos, entrada de receitas, pagamentos de despesas, fluxo de caixa, balanços, busca por novas estratégias de entrada de recursos, planejamento e análises de toda atividade financeira. Um dos principais pontos de uma boa gestão nos clubes é o equilíbrio das contas.

HISTÓRICO

Por anos, e isso ainda acontece em vários clubes, a preocupação das questões financeiras sucumbiam à pressão por resultados a qualquer preço. O que importava era vencer e ser campeão, sendo isso o suficiente para o sucesso do projeto.

Esse método peculiar de se gerir um clube trouxe graves, para não dizer catastróficas, consequências à maioria dos clubes do Brasil. A falência financeira foi se agravando a cada ano e grandes instituições passaram a ser lembradas pelo seu passado glorioso, e não pelo seu presente.

Os endividamentos crescentes e a falta de planejamento financeiro sério e duradouro, feito e seguido à risca por profissionais em gestão financeira, foram os grandes vilões do abismo que se criou nas questões mercadológicas entre os países que optaram por ter as finanças como prioridade.

O processo é simples:

**EQUILÍBRIO NAS CONTAS = AMBIENTE SADIO =
MAIOR POSSIBILIDADE DE SUCESSO =
MAIORES RECEITAS = MAIORES INVESTIMENTOS =
FUTURO PROTAGONISTA DURADOURO**

Nota-se, assim, que o gatilho impulsionador do processo é a gestão de finanças.

IMPLEMENTAÇÃO

1. PLANEJAMENTO E DIAGNÓSTICO
Indica compreender o momento do clube, os objetivos, as necessidades e as ambições. É preciso planejar para que seja possível avançar com metas e prazos definidos.

2. FLUXO DE INFORMAÇÃO
Deve-se buscar toda a informação possível e disponível repassando-a para os responsáveis, além de verificar fontes de receitas, dívidas existentes, prazos, possibilidades de renegociações, buscas por novas fontes de receitas, ativos de atletas, fluxo de caixa etc.

3. ORGANIZAÇÃO
Após obter todos os dados, é necessário criar processos e estruturas organizacionais.

4. ANÁLISE
Com as informações organizadas, parte-se para o processo de análise a fim de criar otimizações e soluções de problemas.

5. ATUALIZAÇÃO E *COMPLIANCE*
É precido ter plataformas e processos de atualização constantes de dados e novos acordos, tal como um sistema de *Compliance* com responsabilidade dividida entre todos e prevenção às falhas e fraudes financeiras.

DIFICULDADES

1. QUEBRA CONSTANTE DE PLANEJAMENTO ESTRATÉGICO FINANCEIRO

Relaciona-se às constantes trocas políticas de comando nas equipes geridas de forma estatutária, com presidentes eleitos por prazo definidos e tomadas de decisões frágeis e passionais.

2. IMPULSOS MOVIDOS POR PAIXÃO E MOMENTO

Talvez os aspectos mais delicados e maiores vilões nas agremiações esportivas, a paixão e os momentos ruins dentro de campo chutam a razão para escanteio e fazem os clubes rasgarem os processos da gestão como um todo, em especial os financeiros.

É comum clubes já endividados comprometerem suas finanças e promoverem o aumento contínuo de suas dívidas, mesmo sem saber como honrar salários, investindo em contratações e no acréscimo das folhas salariais.

3. FALTA DE PROFISSIONAIS ADEQUADOS

As décadas sem preocupação com a capacitação de pessoas e a falta de cursos especializados fazem o profissional responsável pela parte financeira ser cada vez mais escasso no mercado esportivo.

Existem pontos similares, mas no universo futebolístico há particularidades que precisam ser compreendidas e respeitadas. Ter conhecimento da gestão financeira e do engajamento de tais particularidades é uma característica muita específica e, consequentemente, rara no mercado.

4. IMPONDERÁVEL

Aquilo que não se espera ou controla no futebol, as situações imponderáveis, por exemplo, uma lesão, uma venda inesperada ou uma queda brusca de produção individual, faz o planejamento financeiro estar constantemente aberto a alterações de intensidade (tanto pequena como extrema, dependendo do impacto no projeto).

RECEITAS

O resultado esportivo no futebol nem sempre está relacionado com o tamanho da receita que o clube obtém. Porém, estatisticamente, os clubes protagonistas e campeões, em sua esmagadora maioria, são os que mais investem. Principalmente nos campeonatos com a fórmula de pontos corridos, pois fazem com que a somatória de gestão organizacional e de investimentos gere os resultados esperados.

Gestão + Investimentos = Maior Possibilidade de Conquistas

Como exemplo, podemos citar os seis campeões brasileiros da série A, entre 2016 e 2021, e a relação do ranking de receitas, com base em dados dos balanços oficiais dos clubes.

ANO	CAMPEÃO	RANKING RECEITAS	VALORES
2016	Palmeiras	Terceiro lugar	R$ 468 milhões
2017	Corinthians	Quarto lugar	R$ 391 milhões
2018	Palmeiras	Primeiro lugar	R$ 653 milhões
2019	Flamengo	Primeiro lugar	R$ 950 milhões
2020	Flamengo	Primeiro lugar	R$ 669 milhões
2021	Atlético-MG	Segundo lugar	R$ 615 milhões

Quadro 2. Campeões brasileiros e ranking de receitas de 2016 a 2021.

No Quadro 2, o Palmeiras, campeão brasileiro de 2016, teve a terceira receita do ano. O Corinthians, campeão em 2017, a quarta receita. O Palmeiras, em 2018, foi a maior receita do ano, assim como o Flamengo, campeão nos anos de 2019 e 2020. Já em 2021, o campeão brasileiro, Atlético-MG, foi o clube de segunda receita do ano.

PRINCIPAIS FONTES

1. DIREITOS DE TRANSMISSÃO

Sendo há anos a maior fonte de receita da maioria dos clubes brasileiros, os direitos de transmissões dos jogos tiveram um aumento substancial na última década (a partir de 2010). Clubes começaram a ganhar valores exorbitantes, e o impacto foi notado nas folhas salariais.

Os endividados tiveram um alívio momentâneo em seus respectivos fluxos de caixas com o pagamento de luvas por renovação contratual e antecipações de direitos de televisão, que, com o tempo, não produziram diminuições de dívidas, e, sim, o aumento delas.

Os direitos se dividem entre a TV aberta, a TV fechada, os direitos internacionais e o sistema de pay-per-view (PPV), cada qual com um sistema de cotas definidas, fixas ou variáveis, como é o caso do PPV e as cotas por jogo.

Por um longo período da história dos direitos de transmissões, os clubes foram representados pelas federações ou por um grupo organizado, como o Clube dos 13. Porém, desde 2010, os clubes começaram um processo de negociação individualizada, por meio do qual cada um resolve seus próprios valores.

No entanto, a discrepância de um para outro em relação às receitas foi rapidamente notada. Enquanto os grandes ficaram maiores, a distância para os menores virou um abismo. Com isso, a questão do equilíbrio técnico e o nível do campeonato foi colocado em segundo plano.

DIVISÃO DOS DIREITOS DE TRANSMISSÃO		
• 40% divididos em partes iguais • 30% por posição na tabela • 30% por cotas de exibição		
CLUBES	**VALOR**	**QUANTIDADE DE JOGOS**
Atlético-MG	R$ 31,6 milhões	14 em TV aberta 16 em TV fechada
Corinthians	R$ 29,2 milhões	15 em TV aberta 11 em TV fechada

CLUBES	VALOR	QUANTIDADE DE JOGOS
Fluminense	R$ 27,2 milhões	13 em TV aberta 12 em TV fechada
Internacional	R$ 24,7 milhões	8 em TV aberta 18 em TV fechada
Grêmio	R$ 24,6 milhões	9 em TV aberta 16 em TV fechada
São Paulo	R$ 23 milhões	10 em TV aberta 12 em TV fechada
Flamengo	R$ 22,8 milhões	12 em TV aberta 8 em TV fechada
Palmeiras	R$ 16,8 milhões	12 em TV aberta
Sport	R$ 16,1 milhões	4 em TV aberta 14 em TV fechada
América-MG	R$ 14,3 milhões	7 em TV aberta 10 em TV fechada
Cuiabá	R$ 13,3 milhões	2 em TV aberta 14 em TV fechada
Athlético-PR	R$ 12,6 milhões	9 em TV aberta
Red Bull Bragantino	R$ 11,7 milhões	3 em TV aberta 10 em TV fechada
Atlético-GO	R$ 11,7 milhões	3 em TV aberta 10 em TV fechada
Santos	R$ 9,8 milhões	7 em TV aberta
Ceará	R$ 9,8 milhões	7 em TV aberta
Juventude	R$ 9,8 milhões	7 em TV aberta
Chapecoense	R$ 9,4 milhões	3 em TV aberta 7 em TV fechada
Bahia	R$ 8,4 milhões	6 em TV aberta
Fortaleza	R$ 7 milhões	5 em TV aberta

Quadro 3. Divisão dos direitos de transmissão 2021 (acordos com o grupo Globo).

Observe que os clubes que só possuem a TV aberta como valores tiveram um outro acordo para a TV fechada com o grupo Turner em 2021. Além das TVs aberta e fechada, os clubes receberam do sistema pay-per-view também.

2. VENDAS DE ATLETAS

Fazendo parte do país mais formador do mundo, os clubes brasileiros tratam as vendas de atletas como uma ação salvadora. Mas, ao mesmo tempo, tratando-se de gestão, esse ponto de ilusão impulsionou muitas irresponsabilidades.

Devido a esse tipo de processo, os planejamentos técnicos se perdem, jovens não são maturados o suficiente no Brasil antes de seguirem para uma carreira internacional, e ídolos não se consolidam. Aqueles que poderiam construir uma história nacional ficam pouco tempo nas agremiações. Assim, se o clube não antevê a perda técnica, o aperto da falta da gestão financeira desencadeia o distanciamento do objetivo final.

O ponto de ilusão, citado anteriormente, é uma realidade na medida em que a irresponsabilidade de contar com algo no futuro norteia uma ação no presente. Um exemplo é o caso de um jogador fora do orçamento que está disponível e é contratado por pressão. No entanto, é preciso vender algum atleta para poder arcar com o aumento (irresponsável) da receita.

Segundo o relatório da Fifa, divulgado em 30 de agosto de 2021, os clubes de futebol do Brasil lucraram aproximadamente US$ 2 bilhões com transferências de atletas entre os anos de 2011 e 2020. Entre os 30 clubes com maiores lucros no ranking mundial, 7 são brasileiros: São Paulo (7º lugar), Santos (20º lugar), Flamengo (21º lugar), Corinthians (23º lugar), Fluminense (24º lugar), Grêmio (25º lugar) e Internacional (29º lugar).

3. BILHETERIA

Nas décadas de 1980 e 1990, era comum entre torcedores e jornalistas a seguinte frase:

"CONTRATA ESSE JOGADOR QUE A TORCIDA PAGA."

Na realidade, a conta jamais fechava com campanhas entre torcedores e bilheterias. Mas, por anos, as bilheterias foram uma fonte fundamental do processo, pois sustentavam boa parte dos orçamentos. A partir dos anos 2000, no entanto, foram caindo em relação às demais fontes.

Hoje, nas novas e modernas arenas, com mais conforto, cadeiras individuais e reservadas, acessos mais estruturados a bares, restaurantes, lojas, aumento dos valores dos atletas e salários e programas de fidelidade dos sócios-torcedores, o preço dos ingressos está subindo cada vez mais. O percentual da importância das bilheterias nos orçamentos, portanto, está equilibrado. Não são a principal fonte, mas também estão longe de serem ignoradas. Claro que o momento do clube e a importância do campeonato e do jogo estão diretamente relacionados à entrada de receita proveniente das bilheterias ao clube.

Segundo o balanço dos clubes em 2019, os 10 times que mais faturaram com bilheteria foram:

- Flamengo: R$ 96,9 milhões.
- Corinthians: R$ 61,1 milhões.
- Palmeiras: R$ 55,4 milhões.
- Internacional: R$ 40,3 milhões.
- São Paulo: R$ 38,8 milhões.
- Grêmio: R$ 36,7 milhões.
- Vasco: R$ 24,8 milhões.
- Athlético-PR: R$ 21 milhões.
- Cruzeiro: R$ 20 milhões.
- Atlético-MG: R$ 17,9 milhões.

Há de se destacar os programas de fidelidade e a presença de seus torcedores, os chamados sócios-torcedores. Cada clube possui o seu distintivo e os ingressos são comprados antecipadamente, possuem algum desconto ou, ainda, os sócios possuem o direito de preferência na aquisição. Esses programas impulsionaram as bilheterias e equilibraram melhor as demandas, além de fidelizar os torcedores.

4. PREMIAÇÕES

As premiações dos campeonatos também vêm se posicionando de forma bastante importante nos últimos anos. Os patrocinadores dos campeonatos, aliados aos direitos de televisão, subiram as receitas e, consequentemente, aumentaram as premiações.

Passar de uma fase a outra da Copa do Brasil, de uma Sul-Americana ou da Libertadores da América, assim como uma colocação importante no Campeonato Brasileiro, tornou-se imprescindível para os orçamentos dos clubes. Como comparação, em 2011, o campeão brasileiro recebeu R$ 8 milhões; em 2016, recebeu R$ 17 milhões; e, em 2021, R$ 33 milhões.

Já a Copa do Brasil, competição nacional mais rentável, teve um aumento substancial a partir de 2018 nas cotas de participação por fase e no título. Em 2018, a premiação total foi de R$ 278 milhões com o campeão recebendo até R$ 67,3 milhões. Em 2019, o total foi de R$ 291 milhões e o campeão recebeu R$ 70 milhões. Já em 2020, o valor era equivalente a R$ 303 milhões, e o do campeão, a R$ 72 milhões. E no ano de 2021, a premiação total foi de R$ 316 milhões e o campeão recebeu R$ 73,6 milhões.

No que tange a competições sul-americanas, segundo o site da Conmebol, na Copa Libertadores da América, o campeão pode receber (dependendo da fase em que começa a competição) até US$ 25 milhões. Na Copa Sul-Americana, o valor é de até US$ 5 milhões.

5. SÓCIOS

Uma evolução para as bilheterias no mundo foram os programas de fidelização dos torcedores. Em um primeiro momento, com os carnês mensais e/ou anuais com todos os jogos disponíveis e descontos para quem os adquirissem. Posteriormente, com os programas de sócio-torcedor.

O sucesso dessa fidelização se deu não só nas receitas, mas também na taxa de ocupação constante e alta dos estádios. E, com o estádio cheio, outras receitas diretamente ligadas ao clube também aumentam, como: bares, estacionamentos, lojas de produtos oficiais etc.

Entre os fatores substanciais para o sucesso, a constância e o exemplo desses programas na Europa estão a organização e transparência dos campeonatos e as estruturas das arenas multiuso, bem como o conforto dos torcedores. O foco em agilidade, segurança e atendimento do público-alvo – os fãs – sustentou a ideia de programar antecipadamente a temporada.

No Brasil, pode-se considerar que os programas de sócios avançaram em organização e sucesso posteriormente à inauguração das modernas arenas na Copa do Mundo de 2014. No mesmo processo da Europa, conforto, segurança, agilidade e estruturas limpas e organizadas geraram satisfação e fidelização.

A fidelização a esses programas, então, gera receitas garantidas aos clubes. Cada programa é distinto em valor, vantagens e local no estádio. São definidos de acordo com o perfil de instituição e sua torcida. Dessa forma, os departamentos profissionais precisaram ser criados exclusivamente para essa demanda, além de um *call center* disponibilizado aos sócios.

Segundo informações disponibilizadas ao mercado pelos clubes, o ranking de dezembro de 2021 dos dez primeiros clubes em número de sócios era formado por:

- Atlético-MG: 126.254 sócios.
- Internacional: 75.100 sócios.
- Flamengo: 65.868 sócios.
- Grêmio: 64.000 sócios.
- Vasco: 48.758 sócios.
- Palmeiras: 43.587 sócios.
- Corinthians: 40.344 sócios.
- Fluminense: 32.495 sócios.
- Ceará: 31.800 sócios.
- São Paulo: 31.250 sócios.

É importante ressaltar que tais dados são de 2021, após a pandemia da covid-19, que, principalmente no ano de 2020, restringiu o acesso do público aos estádios. Com o retorno, os programas ganharam força e elevaram as receitas novamente.

Outro ponto é que o momento também alavanca a vontade dos fãs de contribuírem de alguma forma e de estarem presentes nos jogos. O Atlético-MG teve uma disparada muito grande em relação aos demais ao se consagrar campeão brasileiro e vencedor da Copa do Brasil no ano de 2021.

Um dos mais antigos cases de sucesso entre os programas de sócio-torcedor no Brasil é o do Internacional, de Porto Alegre. Sempre bem pontuado entre os primeiros no ranking nacional, o clube está entre os que melhor trabalham em excelência e obtêm receitas provenientes do programa.

Outros programas de sucesso nas modernas arenas são do Athlético-PR, Corinthians, Palmeiras e Atlético-MG.

Programa de sócio do Internacional (informações no site oficial do clube)

Dividido em quatro modalidades, o programa vai desde desconto nos ingressos à preferência para aquisição deles em grandes jogos.

- **Coloradinho**: valor de R$ 6,25 por mês – garante participação em promoções e sorteios e uma série de descontos no Parque Gigante.
- **Academia do povo**: valor de R$ 10 por mês – tem descontos em produtos oficiais, participação em promoções e sorteios, direito a voto nas eleições do clube, visita ao museu e descontos no Parque Gigante.
- **Nada vai nos separar**: valor de R$ 25 por mês – tem preferência na compra do ingresso, desconto em produtos oficiais, participação em sorteios e promoções, direito a voto nas eleições, visita ao museu e descontos no Parque Gigante.
- **Campeão do mundo**: valor de R$ 50 por mês – tem ingresso com 50% de desconto, desconto em produtos oficiais, participação em sorteios e promoções, direito a voto nas eleições, visita ao museu e descontos no Parque Gigante.

Programa de sócio do Corinthians (informações no site oficial do clube)

Dividido em três categorias com vários tipos de benefícios aos associados.

- **Minha vida**: valor de R$ 17,50 por mês – dá direito à prioridade de compra de ingressos, vantagens exclusivas no programa de pontos, desconto no ingresso, visita ao museu e clube social e desconto na loja oficial.
- **Minha história**: valor de R$ 42,50 por mês – dá direito à prioridade de compra de ingressos, vantagens exclusivas no programa de pontos, visita ao museu e memorial e localização no centro do campo.
- **Minha cadeira**: valor de R$ 433 por mês – dá direito à melhor localização do estádio, escolha de cadeira exclusiva, vantagens nos programas de pontos, ação no intervalo dos jogos, tour na casa do povo e visitas ao museu e memorial.

Programa de sócio do Palmeiras (informações no site oficial do clube)

Dividido em sete categorias com descontos e outras vantagens.

- **Avanti verde**: valor de R$ 9,99 por mês – permite descontos na loja oficial, bastidores das partidas, cortesias de eventos, rede de benefícios e descontos com empresas parceiras.
- **Avanti bronze**: valor de R$ 17,99 por mês – dá acesso à revista oficial do clube, descontos na loja oficial, rede de benefícios e descontos com empresas parceiras e direito à inclusão de dependentes com desconto.
- **Avanti prata**: valor de R$ 41,99 por mês – tem prioridade de aquisição de ingressos e desconto de até 50% em alguns setores, acesso à revista oficial do clube, bastidores das partidas, rede de benefícios e descontos com empresas parceiras e direito à inclusão de dependentes com desconto.

- **Avanti ouro**: valor de R$ 144,99 por mês – tem prioridade na aquisição de ingressos e descontos de até 100% em todos os setores do estádio, acesso à revista oficial do clube, bastidores das partidas, rede de benefícios e descontos com empresas parceiras e direito à inclusão de dependentes com desconto.

Programa de sócio do Atlético-MG (informações no site oficial do clube)

Dividido em três categorias com descontos e vantagens.
- **Galo na veia preto**: valor de R$ 30 mensais – tem prioridade na compra do ingresso e descontos de até 75%.
- **Galo na veia prata**: valor de R$ 20 mensais – tem prioridade no segundo lote de ingressos e descontos de até 65%.
- **Galo na veia branco**: valor de R$ 10 mensais – tem prioridade na compra do terceiro lote de ingressos e descontos de até 50%.

Programa de sócio do Athlético-PR (informações no site oficial do clube)

Dividido em três categorias com descontos e vantagens:
- **Sócio furacão 90**: a partir de R$ 90 mensais – dá direito a voto nas eleições do clube, clube de vantagens, desconto na loja oficial e participação em eventos.
- **Sócio furacão 150**: a partir de R$ 150 mensais – dá direito a voto nas eleições do clube, clube de vantagens, desconto na loja oficial, participação em eventos e cadeira com nome em todos os jogos.
- **Sócio furacão VIP**: a partir de R$ 350 mensais – dá direito a voto nas eleições do clube, clube de vantagens, desconto na loja oficial, participação em eventos, lounge ambientado e acesso exclusivo.

6. PATROCINADORES

O Brasil não é culturalmente um país com marketing esportivo desenvolvido, se comparado a outros centros que tratam esse tema com excelência, como os EUA.

Por anos, a falta de transparência das instituições, as fórmulas de disputas confusas e em constantes alterações de ano a ano, o êxodo dos jovens talentos e, principalmente, o regime quase falimentar da maioria dos clubes brasileiros contribuíram para que investidores não associassem suas marcas ao futebol. Mesmo assim, exemplos pontuais de cases de sucesso foram duradouros e marcaram a história dos clubes, a exemplo da Parmalat e da Crefisa, no Palmeiras; do Energil C, no Cruzeiro; e da Coca-Cola em diversos clubes no final da década de 1980.

A paixão do patrocinador (dono) pelo clube ainda é um fator visto no mercado e, em alguns casos, superior ao mercado/retorno no cenário brasileiro. Um patrocinador apaixonado pela agremiação A prioriza e efetua, na maioria dos casos, o patrocínio, mesmo que um rival B tenha maior visibilidade ou retorno.

Em 2020, as equipes da primeira divisão do futebol brasileiro somaram juntas, segundo os balanços oficiais dos clubes, R$ 535 milhões. Se compararmos com os principais campeonatos do mundo, como a Premier League, na Inglaterra, o abismo financeiro é enorme, uma vez que o faturamento dos principais clubes da liga inglesa com patrocínios ultrapassa os US$ 1,9 bilhões.

As receitas dos dez primeiros clubes da série A com maiores patrocinadores em 2020 (segundo balanço dos clubes) são:

- Palmeiras: R$ 115 milhões.
- Flamengo: R$ 95 milhões.
- Corinthians: R$ 71 milhões.
- Grêmio: R$ 33 milhões.
- Internacional: R$ 32 milhões.
- Santos: R$ 24 milhões.
- Atlético-MG: R$ 21 milhões.
- Bahia: R$ 18 milhões.
- São Paulo: R$ 16 milhões.
- Athlético-PR: R$ 14 milhões.

7. PRODUTOS LICENCIADOS

Os produtos licenciados, em sua esmagadora maioria, são desenvolvidos com terceiros que repassam um percentual ao clube. A questão cultural e a pirataria ainda são as principais barreiras no mercado brasileiro para que a rentabilidade dos produtos seja realmente relevante no orçamento anual do clube.

Alguns exemplos de produtos licenciados pelos clubes são:
- Vestuários em geral.
- Abridor de garrafa.
- Almofadas.
- Bolsas e garrafas térmicas.
- Canecas e copos.
- Chaveiros.
- Capas protetoras de telefones, PCs etc.
- Mochilas.
- Lápis e canetas.

Enfim, há variação e possibilidades enormes de produtos licenciados comercializados.

8. STREAMING

Considerado uma ferramenta muito poderosa e de crescimento alto nos últimos anos, o streaming é uma tendência cada vez mais fortificada entre os clubes. Os valores têm aumentado e a disputa e a concorrência com as televisões só geram uma oportunidade de desenvolvimento e arrecadação maior para os próximos anos.

9. OUTROS

Outras fontes de receita em potencial estão cada vez mais frequentes para os clubes que estão saindo de suas gestões ultrapassadas e se voltando às novidades que a tecnologia proporciona.

Alguns exemplos são:
- Fan tokens.

- E-sports.
- Redes sociais.
- Lives no canal oficial do clube.
- Aluguel de estádio para eventos e shows (quando o clube for proprietário).
- Escolinhas.

Enfim, o mundo está sempre em evolução e cabe ao clube se atualizar e buscar essas novas fontes de receitas de maneira profissional e com qualidade.

FERRAMENTAS DE TRANSPARÊNCIA E CREDIBILIDADE

A transparência e a credibilidade das finanças são a mola propulsora de um projeto esportivo, especialmente no Brasil. Os anos de caos com falta de pagamentos – desde salários à aquisições de atletas –, os constantes aumentos das dívidas e as diversas punições por inadimplência nos tribunais da Fifa ou por direitos trabalhistas afastaram atletas, agentes, investidores e patrocinadores das instituições.

Os agentes externos precisam ter confiança no projeto e, para isso, nada melhor que informações transparentes e com crédito.

FERRAMENTAS UTILIZADAS NO FUTEBOL
BALANÇO PATRIMONIAL

É a principal ferramenta da gestão financeira e registra de maneira clara os ativos e passivos do clube. Os ativos incluem bens e direitos, dinheiro em caixa, receitas a receber com vendas de atletas, patrocinadores etc. Os passivos, por sua vez, representam as obrigações, como salários, compras de atletas, despesas operacionais e fornecedores.

Dependendo do estatuto do clube, no caso de estatutários, precisa ser aprovado nos conselhos. Deve ser divulgado publicamente.

FLUXO DE CAIXA

É a ferramenta pela qual os gestores podem acompanhar, de maneira simples e prática, a situação financeira com entradas e saídas de recursos. Os relatórios devem ser sempre atualizados para que o resultado possa ser eficaz.

AUDITORIA INTERNA E EXTERNA

As auditorias são eficazes para a verificação da situação financeira da instituição. Podem ser realizadas pelos colaboradores internos com habilidades financeiras específicas ou por terceirizados autônomos. Servem para dar transparência aos dados, assim como detectar erros, fraudes e ajudar a resolver problemas.

AUTOMATIZAÇÃO DE SISTEMAS

O investimento em ferramentas tecnológicas automatizadas e seguras elimina erros humanos e burocracia.

ORÇAMENTO

O orçamento prevê o futuro financeiro do clube com base em dados e perspectivas dos objetivos traçados. No departamento de futebol, estima-se logística, previsão de salários, aquisições de atletas e receitas em geral, ou seja, a movimentação das finanças do ano.

É importante estar dentro de uma realidade plausível, pois clubes em geral fazem seus orçamentos com previsões fora de suas realidades. Um exemplo comum são as projeções de possíveis vendas de atletas e premiações. Projetar em um orçamento US$ 50/60 milhões em futuras vendas, sem ofertas oficiais, ou colocar uma premiação de milhões de dólares em uma possível conquista de campeonato, sem que tenha sido sequer iniciado, é já imaginar o futuro da instituição de forma leviana e contar com o fator sorte. A possibilidade de ter o orçamento furado é, assim, a maior probabilidade.

ANÁLISE DE DESEMPENHO	VALOR ESTIMADO
Softwares	####
Investimentos	####
Macbook	####
Câmeras para treinos	####
Drone	####
Profissionais	####
Logística para observações de atletas	####
OBSERVAÇÕES DE ADVERSÁRIOS	**VALOR ESTIMADO**
Passagens	####
Alimentação	####
Transporte	####
Hospedagem	####
Ingressos	####
ÁREA DA SAÚDE E PERFORMANCE	**VALOR ESTIMADO**
Fisiologia	####
Fisioterapia	####
Radiologia (quando tiver)	####
Médicos	####
Previsões de exames	####
Remédios	####
Materiais farmacêuticos	####
Investimentos	####
Prevenção e recuperação	####
Odontologia	####
Podologia	####
Nutrição	####

ÁREA TÉCNICA/ADMINISTRATIVA	VALOR ESTIMADO
Profissionais (comissão e atletas)	####
Materiais de campo (traves móveis etc.)	####
Logística dos jogos	####
Projeções de premiações	####
Investimento em atletas	####
Investimento em tecnologia	####
Terceirizados PJ (pessoa jurídica)	####
Rouparia	####
Pré-temporada	####
Segurança	####
Registros	####
Projeções de luvas a atletas	####
Projeções de comissões à agentes	####
Alimentação pós-jogos	####
Previsões de confraternizações	####

Quadro 4. Exemplo de um esboço de orçamento estimado de alguns departamentos ligados ao departamento de futebol.

CAPÍTULO 11

GESTÃO DA CATEGORIA DE BASE

Onde tudo começa, celeiro de sonhos de garotos que pretendem um dia ser atletas profissionais e fazer o que amam fazer: jogar futebol. A gestão tem um papel fundamental para dar todas as condições a fim de que os sonhos possam se tornar realidade e, ao mesmo tempo, tem também um papel social e de ajuda na formação do homem.

O processo tem início (captação), meio (formação) e fim (transição ao profissional), além de vários momentos de oscilações dos desejos e do lado emocional. Desafios, competições, preparo mental, físico, nutricional, tático e técnico, formação do homem e do atleta – tudo isso com o objetivo de se tornar um atleta profissional.

> "A RESPONSABILIDADE DA GESTÃO DOS CLUBES EM SUAS CATEGORIAS DE BASE ULTRAPASSA O LADO ESPORTIVO E ESTÁ INSERIDA NA QUESTÃO SOCIAL E DA FORMAÇÃO DE CRIANÇAS E ADOLESCENTES QUE, POR SUA VEZ, FORMAM AS COMUNIDADES."

DEFINIÇÃO DO OBJETIVO

A gestão precisa definir um objetivo claro para a categoria de base aos colaboradores responsáveis:

FORMAR JOVENS
OU
GANHAR TÍTULOS

Essa simples definição é um fator importante no sucesso do projeto de categoria de base, como também para o acompanhamento dos parâmetros dos identificadores de sucesso.

ORGANOGRAMA E FUNÇÕES

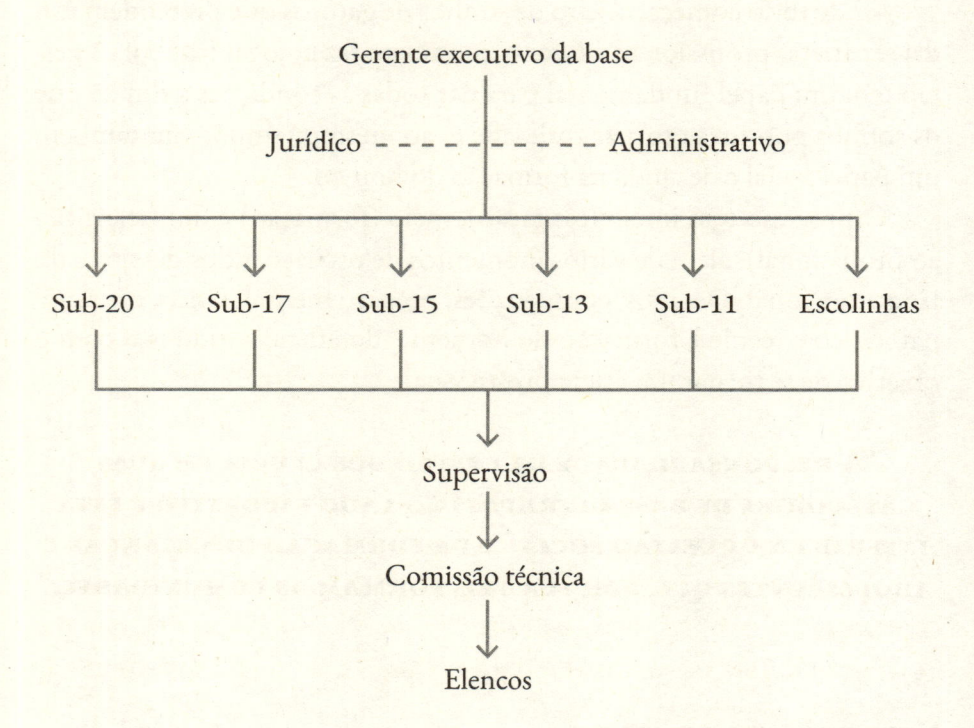

```
                    Gerente executivo da base
                              │
          Jurídico ─ ─ ─ ─ ─ ─┼─ ─ ─ ─ ─ Administrativo
                              │
    ┌─────────┬─────────┬─────┴───┬─────────┬──────────┐
    ▼         ▼         ▼         ▼         ▼          ▼
  Sub-20    Sub-17    Sub-15    Sub-13    Sub-11   Escolinhas
    │         │         │         │         │          │
    └─────────┴─────────┴────┬────┴─────────┴──────────┘
                             ▼
                         Supervisão
                             ▼
                      Comissão técnica
                             ▼
                          Elencos
```

GESTOR EXECUTIVO DA BASE

Braço profissional da gestão, o gestor executivo tem como função gerenciar toda a categoria de base controlando orçamento, logísticas, estruturas de treinamento e performance, alojamentos e captações de atletas; coordenando o fluxo de informação entre as categorias e para o profissional; monitorando a implementação da metodologia do clube; atuando junto às comissões técnicas; e se reportando ao executivo do futebol por meio de relatórios periódicos.

BRAÇOS JURÍDICOS E ADMINISTRATIVOS

O braço administrativo gere o fluxo de informação da base com o administrativo do clube seguindo os processos predefinidos nos registros de atletas, como folha de pagamentos e admissão e demissão de colaboradores em geral.

Por sua vez, o braço jurídico é responsável pela formatação de contratos e legalidades em geral associados à categoria de base, como regulamentos internos, penalidades, representação em tribunais etc.

SUPERVISÃO

O supervisor de cada categoria gere a parte logística e estrutural de viagens, treinos e jogos.

COMISSÃO TÉCNICA

É composta por treinadores, auxiliares técnicos, preparadores físicos, preparadores de goleiro, fisiologistas, fisioterapeutas, rouparia, psicólogos, médicos, nutricionistas, assistentes sociais e pedagogos.

> "A GESTÃO TEM A OBRIGAÇÃO DE ACOMPANHAR E EXIGIR QUE OS PROFISSIONAIS DAS CATEGORIAS DE BASE EXERÇAM UM PAPEL MUITO MAIOR DO QUE SÓ O DESPORTIVO NA FORMAÇÃO DOS JOVENS, BUSCANDO AJUDAR NOS ASPECTOS DE CRESCIMENTO DE VALORES E PRINCÍPIOS DE CADA UM DELES E TAMBÉM PREPARÁ-LOS PARA O FUTURO EM SOCIEDADE."

ELENCOS

Atletas da categoria de base são divididos por ano de nascimento.

CATEGORIAS

Na média geral, dependendo da estrutura e do orçamento, os clubes de futebol trabalham a divisão de suas categorias da seguinte forma:

ESCOLINHAS

Têm desenvolvimento lúdico e primeiro contato com o mundo de objetivos (fazer o gol e se divertir). Contam com diversão e interação em uma fase muito inicial.

SUB-11

Ainda com questões lúdicas, mas marca o início da etapa técnica sem definições. Garotos experimentam todos os lados do campo e posições diferentes de jogo.

SUB-13

Começa uma etapa de controle da parte técnica e fundamento de jogo: passe, chute, cabeceio e responsabilidade posicional. Ainda há o experimento de trocas constantes de posição, mas já com a inserção do lado de competição com responsabilidade coletiva.

SUB-15

Responsabilidade e cobrança começam a despontar, havendo horários e regras mais rígidos. Há introdução tática, competição interna e externa frequente e posição definida, mas não definitiva. Ganha-se um ar de profissionalização e os sonhos começam a virar maiores obrigações com o futuro profissional.

SUB-17

Busca-se pelo profissional, sendo que alguns já têm contratos e recebimentos. Há posição bem definida e parte técnica e tática mais elaborada. O sonho já começa a tornar um desejo e, em alguns casos, uma necessidade e responsabilidade de mudança não só do atleta, mas também de sua família. Ocorre a cobrança por melhor performance e competições profissionais e exigentes. Responsabilidade institucional, exposição e cobrança da sociedade são quesitos introduzidos.

SUB-20

Os que chegam até esse ponto transformam seus sonhos em um objetivo profissional. Buscam um espaço no mundo futebolístico e contratos que possam dar qualidade de vida para seus familiares. A formação técnica e tática é aperfeiçoada e com potencial de evolução. Há a transição ao profissional e responsabilidade da busca por resultados e cobranças externas. Foca-se a comunicação e o desenvolvimento da postura como exemplo para os mais jovens iniciados e observados.

CERTIFICADO DE CLUBE FORMADOR (CCF)

Ferramenta criada em 2012 pela CBF, o Certificado de Clube Formador (CCF) premia os clubes que, seguindo certos requisitos estabelecidos pela Lei Pelé (Lei n. 9615/98), podem ser considerados formadores e, com isso, ajudam na proteção das equipes contra assédios. Clubes formadores adquirem o direito à preferência na assinatura do primeiro contrato profissional dos atletas treinados na instituição e autenticam as boas condições de estrutura aos jovens.

Para a obtenção do CCF, que é renovado anualmente, os clubes necessariamente precisam estar filiados a suas federações estaduais – e, por consequência, à CBF – e seguir uma lista de exigências (que pode sofrer alterações de ano para ano):

- Assistência médica.
- Assistência psicológica.
- Assistência nutricional.
- Assistência social.
- Assistência educacional.
- Assistência fisiológica.
- Assistência fisioterápica.
- Custeamento de transporte.

- Custeamento de alimentação.
- Material para treinos e jogos.
- Participação do clube em competições oficiais em pelo menos duas categorias de base.
- Programa de treinamentos por profissionais especializados em cada categoria.
- Licenças emitidas pelo corpo de bombeiros, vigilância sanitária e prefeitura municipal, autorizando o funcionamento do centro de treinamento e dos alojamentos.
- Laudo técnico emitido por profissional habilitado na área de saúde e segurança.
- Seguro de vida e acidentes.
- Pagamento de auxílio financeiro mensal.
- Alojamentos com área em boas condições.

CONTRATO DE FORMAÇÃO

O contrato de formação, com base legal no art. 29 da Lei Pelé, é designado para o atleta não profissional entre 14 e 20 anos de idade que pode receber um auxílio de uma entidade formadora, sem que seja gerado vínculo empregatício entre as partes (clube × atleta amador).

O clube registra o contrato de formação na CBF e deve, razoavelmente, quantificar os gastos estimados com a formação. Uma vez firmado o contrato pelo atleta e seus representantes legais, para o menor de idade, o clube registra-o na sua federação de origem, que o envia à CBF. Esta, por sua vez, no sistema aberto aos clubes, coloca uma observação a todos os demais de que o atleta tem um contrato de formação registrado.

Com isso, tem direito a uma compensação nas transferências nacionais quando o atleta, sob contrato de formação, recusa-se a assinar o primeiro contrato profissional ou quando o clube formador não consegue exercer o seu direito de preferência na renovação do primeiro contrato dele.

A indenização está limitada a 200 vezes os investimentos efetuados e comprovados na formação do atleta. Outra observação importante é que o contrato, para ter validade de cobrança pelo clube de possível indenização, tem que ter o atleta dentro da instituição desportiva por no mínimo 12 meses.

TRAINING COMPENSATION

Criado pela Fifa, o *training compensation* é um mecanismo que visa remunerar um clube formador, havendo ou não compensação financeira, por uma transferência internacional. Assim, por meio de métricas definidas pela entidade controladora do futebol, que divide os clubes em categorias, um valor é destinado ao clube pelos trabalhos de formação.

É importante destacar que o *training compensation* é diferente do mecanismo de solidariedade, no qual o clube comprador retém 5% do valor pago proporcionalmente destinado aos clubes que participaram da formação de um jogador dos 12 aos 23 anos.

A Fifa prevê em seu regulamento de transferências o pagamento do *training compensation* a todos os clubes que participaram de sua formação quando o atleta for registrado como profissional pela primeira vez, ou ao último clube quando o atleta já tiver um contrato profissional e for negociado até os 23 anos.

MECANISMO DE SOLIDARIEDADE (FIFA)

É o dispositivo previsto no regulamento de transferência da Fifa que recompensa em até 5% os clubes formadores que seguem pré-requisitos definidos. Na transferência de um atleta, o clube comprador retém 5% do valor do negócio, repassado aos formadores requisitantes.

DIVISÃO
- Todos os clubes pelos quais o atleta atuou entre os 12 e 23 anos.
- Temporada do 12º ao 15º aniversário: 0,25% da compensação total por ano de atuação.
- Temporada do 16º ao 23º aniversário: 0,5% da compensação total por ano de atuação.

PRÉ-REQUISITO PARA OS CLUBES REQUISITANTES
- Comprovação de participação do atleta em campeonatos oficiais.
- Fornecimento de programa de treinamentos com profissionais especializados.
- Fornecimento de complementação educacional.
- Garantia de assistências médicas, odontológicas, de alimentação, de transporte, educacional e familiar.
- Estruturas desportivas e alojamentos adequados.

PILARES FUNDAMENTAIS DA GESTÃO NA CATEGORIA DE BASE

A gestão da categoria de base tem pilares que podem ser considerados fundamentais pela importância em todo o desenvolvimento do processo. O principal ponto é a revelação de talentos para serem usados no time profissional. Porém, para isso, um longo e difícil caminho precisa ser cumprido.

CAPTAÇÃO

Tudo começa com as características e definições do estilo de jogo e metodologia implementados nas categorias de base do clube. Define-se um perfil aos captadores, que são treinados e direcionados ao mercado.

Pode ser, de acordo com a capacidade financeira e estrutural, em âmbito regional, nacional, continental e mundial. Há a necessidade de uma rede de captadores bem distribuídos e interligados com todas as categorias até o profissional, e com a definição bem clara de valências, perfis e carências de cada grupo. Portanto, um metodologia implantada e estruturada é a base que direciona os captadores.

> "A CAPTAÇÃO COM VALÊNCIAS PREDEFINIDAS ENCURTA O PROCESSO DE ADAPTAÇÃO À METODOLOGIA DO CLUBE E DE DESENVOLVIMENTO DOS ATLETAS."

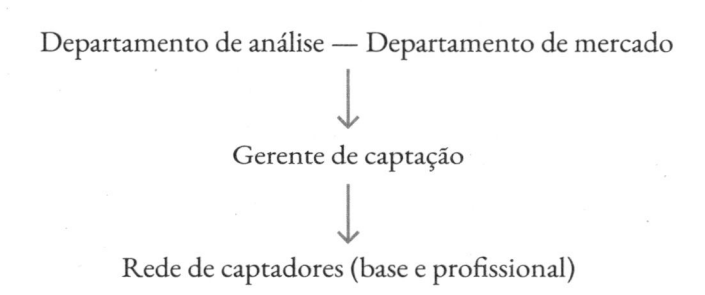

Departamento de análise — Departamento de mercado
↓
Gerente de captação
↓
Rede de captadores (base e profissional)

Com a oferta elevada no futebol brasileiro, regionalizar a organização dos captadores é a melhor estratégia para alcançar os melhores atletas. As regiões do país com grandes centros de formação, como o estado de São Paulo, por exemplo, necessitam de uma atenção especial.

Dependendo do orçamento e da estrutura da instituição, a captação regional está direcionada à região da base do clube a uma distância média de 100 km, dividida pontualmente por cada estado ou pelas regiões Sul, Sudeste, Centro, Centro-Oeste, Norte e Nordeste. O essencial é a presença do captador do clube da maneira mais ampla possível.

Nos âmbitos continentais e mundiais, as parcerias são um caminho mais bem desenvolvido e que pode render mais benefícios. Nesses casos, deve haver a elaboração contratual dos parâmetros da parceria anterior e o acompanhamento por um profissional do clube.

A fórmula desenvolvida para as captações se dá por meio de torneios organizados pelo próprio clube para esse fim – as chamadas peneiras –, escolinhas conveniadas, observações em competições e torneios, softwares e indicações.

As ofertas analisadas e direcionadas pelos captadores são encaminhadas à parte técnica e de análise e mercado responsável pela categoria. Uma vez aprovadas por todos, o atleta é incorporado ou, quando possível, passa por um período in loco para observação.

Um simples sistema de *Compliance* da análise de todos os atletas é ideal para a transparência do processo de captação. Deve ser feito um formulário contendo os dados do atleta, o nome dos avaliadores, o tempo de observação, o relatório das análises e a assinatura de todos os repensáveis.

Segue um exemplo de formulário de captação:

FORMULÁRIO
Nome do atleta:
Data de nascimento:
Categoria:
Telefone para contato:
Telefone para emergência (terceiros):
Tem plano de saúde (se sim, qual):
Histórico recente e observações (onde atuou, alguma lesão anterior etc.):
Como chegou ao clube (peneiras, escolinhas, torneios e indicação):
Nome do captador:
Empresário (se tiver):
Data da avaliação (período):
Avaliação física (nome e assinaturas dos avaliadores):
Avaliação técnica e tática (nome e assinaturas dos avaliadores):
Avaliação cognitiva e mental (nome e assinaturas dos avaliadores):
Negociação (percentual, investimento, salário e comissão):
Decisão (aprovado, sim ou não):
Sistema *Compliance* de assinaturas (todos os profissionais responsáveis pelo processo assinam referendando a decisão):

Fluxo de processo de captação

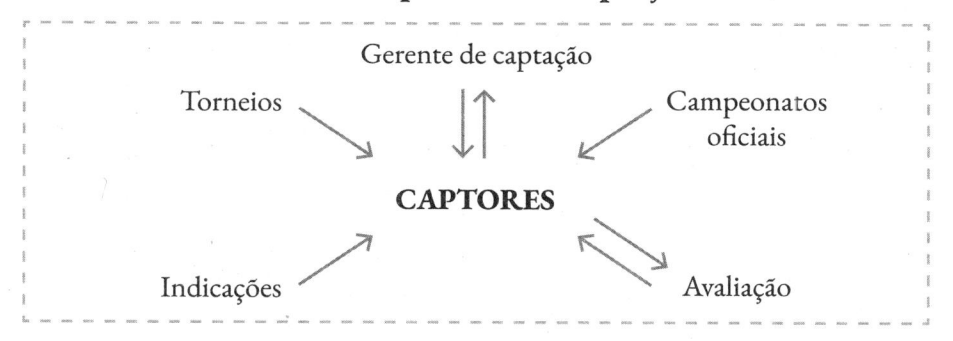

```
                    Gerente de captação
      Torneios            ↑↓              Campeonatos
              ↘                      ↙     oficiais
                       CAPTORES
              ↗                      ↖
      Indicações                            Avaliação
```

AVALIAÇÃO
SISTEMA DE AVALIAÇÃO

O principal processo em um clube de futebol, a avaliação merece uma atenção mais que especial em toda a gestão.

> "DEFINEM-SE OS CRITÉRIOS A SEREM ANALISADOS E OS PROFISSIONAIS ADEQUADOS COM O MAIOR NÚMERO DE DADOS POSSÍVEIS. A AVALIAÇÃO É UM SISTEMA COMPLEXO, COM FATOR IMPONDERÁVEL FORTEMENTE PRESENTE E QUE GERA ERROS."

Os pilares estratégicos de um sistema de avaliação são:
- Avaliação técnica.
- Avaliação tática.
- Avaliação física.
- Avaliação médica.
- Avaliação fisioterápica.
- Avaliação cognitiva.
- Avaliação mental.
- Avaliação nutricional.
- Avaliação comportamental.
- Avaliação mercadológica (potencial do ativo futuro).
- Histórico.

Nesse sentido, é elementar o conhecimento da gestão sobre os profissionais participantes, bem como referendar as avaliações, assim como saber a fundo as características e o perfil dos atletas dentro da metodologia inclusa no clube.

Ao lado de todos os critérios definidos de avaliação, existe a adaptação do atleta ao novo ambiente de trabalho. Uma mudança de cidade, de clima, de companheiros de trabalho, de distância de familiares e amigos ou de filosofia de treinamentos pode acarretar o sucesso ou insucesso do atleta no clube. Cabe à gestão auxiliar, com uma equipe produtiva, os atletas para que a adaptação seja a mais rápida e melhor possível.

FORMAÇÃO

O processo de formação é o de maior responsabilidade da gestão. Nele, formam-se atletas profissionais, mas, acima de tudo, o clube tem a responsabilidade social de auxiliar famílias na formação e no caráter do cidadão, do homem ou da mulher que estão saindo das fases de criança e adolescente para a vida adulta na sociedade. Muitos deles passarão a maior parte de suas juventudes dentro dos clubes, seguindo orientações, normas e regras dos profissionais das instituições.

A gestão tem a obrigação de prover o melhor possível nas questões educacionais e na conscientização do "certo e errado" para uma inserção na sociedade. Afinal, a esmagadora maioria dos jovens, por vários dados comprovados estatísticos, não chegará à fase profissional de suas carreiras como atletas.

Na fase de formação, os atletas partem dos trabalhos lúdicos para a responsabilidade profissional; dos auxílios para transporte até salários de altos padrões mundiais. O desenvolvimento de personalidade, confiança, preparo para o mundo exterior, caráter, inserção na comunidade, disciplina, hierarquia, trabalho em equipe, respeito ao próximo, dedicação, foco, objetivos coletivos acima dos individuais e cobranças públicas são alguns aspectos que a gestão ajuda a construir com as famílias dos jovens.

> "A GESTÃO DAS CATEGORIAS DE BASE TEM A RESPONSABILIDADE DE AJUDAR A FORMAR HOMENS PREPARADOS PARA A VIDA EM SOCIEDADE EM PRIMEIRO LUGAR; DEPOIS, COMO CONSEQUÊNCIA, UM ATLETA MELHOR E MAIS COMPLETO."

PILARES DA FORMAÇÃO

Os pilares da formação estão divididos em desportivo (atleta) e humano (homem/mulher).

Desportivo
- técnicos: passe, chute, cabeceio;
- táticos: posicionamento, movimentos, cobertura, ponto de apoio;
- físico: força, velocidade, impulsão, explosão, dinâmica, intensidade, altura, potência;
- mental: cognitivo, emocional, psicológico;
- competitivo: objetivos, metas, estratégias, competição;

Humano
- comportamental;
- disciplina;
- respeito;
- senso coletivo;
- superação;
- ambição;
- responsabilidade social;
- conhecimento e preparo educacional, financeiro e familiar.

EQUIPE DE TRABALHO

Os profissionais especializados formadores têm como responsabilidade, em relação à gestão, trabalhar em equipe com o fluxo contínuo de informações e dados para o desenvolvimento do atleta. São eles:
- treinadores;
- auxiliares técnicos;
- preparadores físicos;
- nutricionistas;

- preparadores de goleiros;
- médicos;
- fisioterapeutas;
- fisiologistas;
- psicólogos;
- pedagogos;
- assistentes sociais.

Nota-se também, na formação do homem, a assistência educacional e, em conjunto com as famílias, a introdução às questões de equilíbrio em finanças, programas sociais, interação com a sociedade e aspectos beneficentes.

Fluxo de informação da equipe de formação

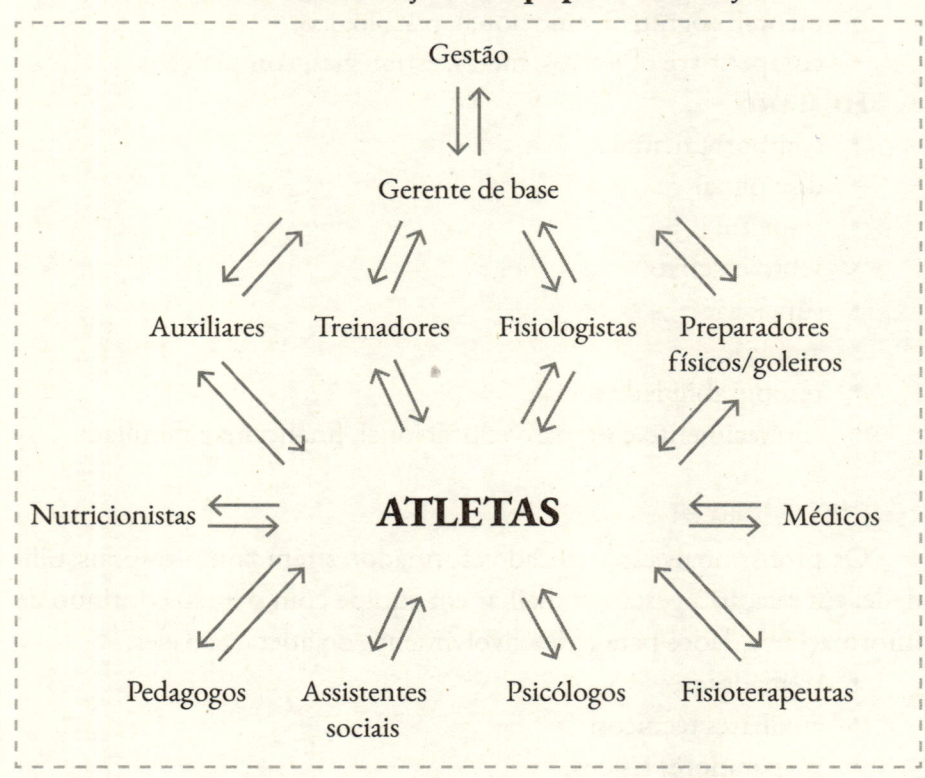

```
                         Gestão
                           ⇅
                     Gerente de base
         ↙↗        ↙↗        ↙↗        ↙↗
   Auxiliares  Treinadores  Fisiologistas  Preparadores
                                            físicos/goleiros
         ↖↙        ↑↓        ↑↓        ↖↙
Nutricionistas ⇄   ATLETAS         ⇄ Médicos
         ↙↗        ↑↓        ↑↓        ↖↙
   Pedagogos  Assistentes  Psicólogos  Fisioterapeutas
                sociais
```

TRANSIÇÃO

Parte mais sensível do processo, a transição envolve muitas variáveis: formação física bem trabalhada, partes técnica e tática elaboradas e percepção automática do jovem atleta. Por fim, há ainda os aspectos emocional, mental e psicológico preparados para a fase adulta que está por vir, cheia de cobranças e exposição pública.

"Saber o momento certo da transição entre base e profissional implica conhecer a fundo os aspectos cognitivos, físicos, técnicos, táticos e emocionais dos atletas, bem como com a estabilidade e a necessidade da utilização desses aspectos pela equipe principal."

MOMENTO

É a palavra-chave do processo. Qual é o melhor momento? Atletas com grande potencial profissional já se perderam no processo por não estarem prontos ou por terem sido lançados no momento de instabilidade e pressão sobre a equipe. Outros conseguiram suas primeiras oportunidades em momentos adequados e a evolução foi natural e em excelência.

Questões técnicas são sempre de responsabilidade da comissão e dos treinadores, como escalação, substituições e convocações. O compromisso da gestão nessa transição está relacionado à construção da excelência nos processos e na metodologia aplicada para a formação dos jovens, além da escolha de profissionais capacitados em sua equipe de trabalho. São anos de evolução, de forma correta, para possibilitar uma transição natural e com maior chance de sucesso.

FATORES DE INFLUÊNCIA NA TRANSIÇÃO DOS ATLETAS NOS CLUBES BRASILEIROS

- **Dificuldades financeiras**: comum nas agremiações pelo Brasil, as dificuldades financeiras para manter a casa em ordem e ter investimentos para contratar fazem gestões forçarem a entrada de jovens de maneira precipitada e, como consequência, optarem por uma transição fora do momento planejado e mais adequado a ele;

- **Necessidade de receita para fechamento de caixa**: a necessidade de pagar o investimento desordenado para alcançar vitórias a qualquer preço pode acarretar na antecipação de lançamento e permanência de um jovem na equipe para sua valorização e venda futura, no intuito de tapar os buracos do ano. Além de serem prejudiciais ao atleta, muitas das vezes os valores das vendas são bem menores do que se um planejamento tivesse sido feito e o tempo de maturação para cada atleta tivesse sido respeitado;
- **Aspectos culturais**: clubes que têm no seu DNA a cultura e a tradição de lançar jovens em suas equipes principais, geralmente imputam uma obrigatoriedade à comissão técnica e podem gerar uma responsabilidade excessiva a jovens que ainda não estão prontos para tal.

ASPECTOS DE OTIMIZAÇÃO PARA UMA TRANSIÇÃO EM EXCELÊNCIA

- Constante interação entre membros da comissão técnica do profissional e das categorias de base.
- Constante participação de jovens nos treinamentos com o elenco do profissional.
- Observação constante, por parte da comissão técnica, do profissional aos atletas da base nos treinos e jogos.
- Envio de relatórios e dados da evolução dos atletas aos membros da comissão do profissional.
- Acompanhamento dos membros da comissão de base, em especial a categoria sub-20, em relação a carências, modelo de jogo, características dos atletas utilizados no profissional e preparo dos jovens visando a possíveis oportunidades.
- Constante trabalho mental e emocional nos jovens, focando adversidades e desafios de superação para o trabalho sob pressão;
- Sempre que possível, ida dos elencos da categoria de base a jogos da equipe profissional para que possam criar identidade, sentir e desejar o ambiente do estádio com o seu torcedor.

- Promoções e incentivos aos torcedores para a ida aos jogos da base, criando, assim, uma atmosfera de apoio e cobrança desde cedo para os jovens atletas.
- Uso das redes sociais com transmissões das partidas para o público, gerando uma responsabilidade maior nos atletas.
- Busca máxima por participação em campeonatos e torneios nacionais e internacionais que gerem experiências dentro e fora de campo no convívio diário, nas viagens e nas concentrações.
- Criação de metas e objetivos para motivar, cobrar e premiar, visando passar aos jovens da base a realidade de um atleta profissional de alta performance.
- Encontros entre os jovens e os atletas profissionais para a troca de experiências, falando sobre suas carreiras, a transição ao profissional, as dificuldades, os desafios, as alegrias e as tristezas.

"BASE SIGNIFICA A IDENTIFICAÇÃO, A CONTINUAÇÃO E O FUTURO DAS AGREMIAÇÕES. A GESTÃO TEM EM SUAS MÃOS A RESPONSABILIDADE E A OBRIGAÇÃO DE LIDERAR OS PROCESSOS DE CAPTAÇÃO, FORMAÇÃO E TRANSIÇÃO EM EXCELÊNCIA COM PROFISSIONAIS PREPARADOS, BOA ESTRUTURA E VISANDO À EVOLUÇÃO DE JOVENS PARA SEU ÁPICE EM TODOS OS ASPECTOS."

CONSIDERAÇÕES FINAIS

MUITO MAIS QUE UM JOGO sintetiza a relação entre o sucesso desportivo e uma gestão de excelência. Clubes organizados em suas gestões superam, com mais assertividade, os desafios do jogo e seus imponderáveis.

Desde a gestão dos processos à fundamental gestão de pessoas, o desenvolvimento dos projetos nos clubes é uma contínua busca por aprimoramento dos planejamentos que fundamentam instituições esportivas sólidas e protagonistas.

Dados, conceitos, ideias, vantagens, dificuldades – tudo o que pode se englobar em uma gestão nos clubes consta da narrativa do livro, seja em aspecto financeiro, esportivo, de negócios ou de categoria de base, cada qual com suas particularidades e detalhes inerentes ao mundo futebolístico.

A gestão ainda precisa de identificadores de sucesso e diagnósticos para o conhecimento do contexto atual, o desenvolvimento do plano diretor e o acompanhamento com premissas predefinidas. Por consequência, tem-se a fundamentação de que nada acontece por acaso no mundo futebolístico. A semente plantada será colhida pela instituição, quer seu fruto seja o sucesso ou caos.

Portanto, a gestão organizada e profissional precisa estar convicta de que dificuldades sempre existirão, ajustes poderão ser necessários e o imponderável estará presente. Mas, ao fim, a prática contínua da **gestão** indica o caminho para vencer os desafios e alcançar os objetivos.

AGRADECIMENTOS

Esta obra é dedicada a cada profissional – independentemente de setor, área ou função – que esteve comigo nos meus anos de carreira, anos estes que me proporcionaram ter vivido as experiências que vivi e ter adquirido o conhecimento que adquiri para escrever este livro.

Obrigado!

grupo novo século

Compartilhando propósitos e conectando pessoas
Visite nosso site e fique por dentro dos nossos lançamentos:
www.gruponovoseculo.com.br

<ns

- facebook/novoseculoeditora
- @novoseculoeditora
- @NovoSeculo
- novo século editora

Edição: 1ª
Fonte: EB Garamond

gruponovoseculo.com.br